숲의 시간

숲의 시간

김진나 장편소설

문학동네

차례

01
만 년을 걸어온 소년

소년은 만 년을 걸어왔다.

삶 무리와 뒤엉켜 지낼 때 소년의 등허리에 삶의 시간이 점점이 박혀 들었다. 고목나무 숲에서는 통통한 굼벵이의 시간과 두더지, 지렁이의 시간이 꼼지락꼼지락 지나다녔다. 나뭇가지 사이로 순식간에 사라지는 야생 뿔닭의 시간, 타는 듯 뜨거운 나뭇잎의 시간, 도깨비불의 시간도 지나갔다. 무궁무진한 흙의 시간과 촉박하게 구르는 돌멩이의 시간, 규칙적인 해의 시간과 똬리를 틀고 빙빙 도는 뱀의 시간이 소년의 걸음을 타고 흘러내렸다.

만 년은 인간의 숫자로 세어 보면 까마득한 세월이지만 숲이 살아가기에는 알맞은 시간이었다. 소년은 버섯을 따 먹고 방이 수십 개나 되는 오소리 굴에서 먼지 냄새에 엉겨 잠을 잤다.

푸른 여름날, 거목이 빽빽하게 우거진 숲을 걷다 소년은 놀라 몸을 숨겼다. 무엇을 봤는지 확실치 않았다. 멀리서 수풀이 요란하게 흔들렸고 나뭇가지가 툭툭 잘려 나가고 있었다. 비틀어진 나무 뒤에서 내다보니 그들이 거기 있었다. 깔끔하게 면도를 하고 깨끗한 셔츠를 입은 나이 든 사내가 날이 넓고 무거운 칼인 마체테로 길을 내며 들어왔다. 그 뒤로 논픽션 작가가 땀을 흘리며 따라붙었다.

"벌목이 허가된 땅엔 더는 마호가니가 남아 있지 않소. 그래서 이렇게 깊은 숲까지 헤매고 다니는 거요. 나는 멀리서 나무 밑동만 봐도, 주변에 자라는 풀만 봐도 마호가니를 찾아낼 수 있소. 하지만 녀석은 좀처럼 숲을 이루지 않고 홀로 자라기 때문에 실제로 발견하는 건 여간 어렵지 않다오."

"마호가니를 찾으면 어떻게 표시해 두죠? 형광 테이프 같은 걸 붙여 두나요?"

논픽션 작가가 얼굴로 몰려드는 날벌레를 짜증스럽게 쫓으며 물었다. 마체테를 든 사내는 논픽션 작가의 어수룩한 발상에 웃음 지었다.

"아니요, GPS요. 그걸 이용한다오."

논픽션 작가는 문명과 단절된 열대우림에서도 GPS를 이용한다는 사실에 미묘한 긴장감을 느끼며 옆에 있는 키 큰 나무를 올려다보았다. 그때 웃음 짓고 있던 사내의 얼굴이 굳어졌다. 논픽션 작가에게 소리 내지 말라는 손짓을 했다. 사내가 두려운 눈빛으로 재빠르게 주변을 살폈다. 갑자기 몰아치는 바람에 나무들이 잎을 무섭게 떨어 댔다.

"아무래도 너무 깊이 들어온 것 같소. 어서 나갑시다. 서둘러요."

사내가 발을 헛디디며 허둥지둥 앞장섰다. 미친 듯이 마체테를 휘둘렀는데도 사내와 논픽션 작가는 날카로운 나뭇가지에 온몸을 상처 입고 말았다.

그들이 떠난 뒤에도 소년은 가슴이 뛰어 꼼짝하지 못했다. 알수 없는 소란스러움이 자신의 내부에서 들려왔다. 소년은 한참만에 일어나 웅덩이에서 얼굴을 씻고 차가운 물을 세 모금 퍼 마셨다. 소년은 마호가니가 어디 있는지 잘 알고 있었다. 서둘러 마호가니를 찾아갔다.

"그들이 널 찾고 있어."

소년이 열이 오른 몸으로 나무를 끌어안고 말했다.

"알아."

"어떡해?"

마호가니는 아무 말도 하지 않았다. 대신 넓은 잎 하나를 소년의 어깨로 떨어뜨려 주었다.

다음 날부터 소년은 마호가니 둥치를 떠나지 않았다. 그들이 다시 올까 두려워 작은 소리에도 신경이 곤두섰다. 하지만 숲은 평화로웠다. 그대로 천 번의 밤과 낮이 지나갔다.

그 사이 잠자리 한 마리가 소년의 주위를 맴돌았다. 소년은 잠자리의 날갯짓을 넋을 잃고 바라보았다. 잠자리의 날개 너머로 하늘이 더욱 높았다. 팽팽하게 펼쳐진 하늘 속으로 구름 한 점이 아득히 빨려들고 있었다. 순간 시간이 멎은 듯 고요해졌다. 잠자리만이 유유히 날았다. 잠자리의 날개가 움직일 때마다 창공의 무한한 빛이 숲에 뿌려졌다. 숲이 점점 선명해졌다. 그 푸른 열기 속에서 소년도 하늘로 솟아오르는 듯했다. 잠자리가 소년의 등에 내려앉을 때면 기쁨에 전율했다. 소년은 두려움을 견디며 차츰 진정되었다.

그러던 어느 날부터 잠자리가 보이지 않았다. 소년은 며칠을 기다렸다. 하루하루 더해질수록 그리움이 커졌다. 소년은 잠자리를 찾아 나서기로 했다. 마호가니를 걱정스레 올려다보고는 몸을 돌려 계곡 쪽으로 들어갔다.

해가 뜨기 전 새벽이었다. 새하얗게 반짝이는 젖은 거미줄이 얼굴에 걸렸다. 양손으로 헤엄을 치듯 나뭇가지를 밀쳤다. 소년은 어쩐지 들떠 있었다. 오랜만에 숲을 거닐어 그런지 은근히 기분이 좋아졌다. 저만치에서 금세 잠자리가 눈에 띌 것 같았다. 얼마 걷지 않아 날벌레 떼가 소년의 전신을 뒤덮었다. 소년은 부르르 몸을 떨어 벌레를 털어 냈다.

그때 북쪽에서 터져 나온 굉음이 숲을 뒤흔들었다. 페크, 페크 하는 소리가 소년의 몸을 뚫고 지나갔다. 고속으로 돌아가는 전기톱의 엔진 소리였다.

소년은 경직되어 멍청하게 서 있었다. 그러다 정신을 차리고 소리 나는 쪽으로 뛰었다. 하지만 익숙한 숲에서 소년은 길을 잃었다. 방향마저 부서져 버렸는지 북쪽이 사라진 숲 한구석에 갇혀 버린 것 같았다.

잡목이 우거진 커다란 강줄기 옆으로 보트 한 대가 올라와 있었다. 소년은 사람들의 어수선한 발자국을 따라 걸었다. 소년의 턱뼈는 고통과 싸우듯 꽉 다물려 있었다. 난폭하게 잘려 나간 나뭇가지가 발길에 채었다.

조금 더 깊숙이 들어가자 처참한 광경이 눈에 들어왔다. 탄화물 합금으로 된 강철 톱과 사슬톱이 버려진 채 섬뜩하게 번쩍였다. 나무들이 무수히 베어져 나뒹굴었다. 두껍게 쌓인 톱밥과 그루터기 파편들로 어지러웠다. 일꾼들의 무분별한 사냥에 깃털이 예쁜 새와 거미원숭이, 맥의 몸뚱이가 반으로 쪼개져 있었다. 연료와 오일이 들어 있던 통이 넘어져 땅이 검게 변했다.

어디선가 귀청을 찢는 소리가 다시 터져 나왔다. 소년은 그들을 쫓았다. 그러나 목재로는 쓸모가 없어 버려진 나무들이 길을 막고 있었다. 그들은 빨랐고 소년은 따라잡을 수가 없었다.

뒤늦게 소년이 마호가니에게 돌아왔을 때 마호가니 역시 베이고 없었다. 음침한 손길들이 샅샅이 뒤지고 간 자리엔 온갖 종류의 작은 나무들이 으깨져 있었다. 길고 곧았던 마호가니는 사라졌고 썩은 부분만 버려진 채 남아 있었다. 썩은 토막 한쪽에는 여전히 밝고 붉은 마호가니의 결이 싱싱하게 빛나고 있었다.

소년은 썩은 토막을 끌어안았다. 웅크린 채 등에 잠자리가 내려앉는 꿈을 꾸었다. 소년은 마음이 따뜻해졌다.

"너에게는 언제나 날 수 있는 하늘이 있어서 다행이야."

소년이 쓰러지며 중얼거렸다.

그 뒤로 매일같이 전기톱의 포효가 이어졌다. 숲이 놀라운 속도로 사라지고 있었다. 나무가 잘려 나갈 때마다 소년의 생명을 휘감고 있던 숲의 시간이 빠져나갔다. 소년은 흥분한 꽃무리 속에 누워 서서히 죽어 갔다. 불안에 떠는 가시덤불과 쓰디쓴 풀의 절망이 광막한 평지로 퍼져 나갔다. 생명의 쇠퇴가 심연에까지 이르렀다.

누군가 소년을 굵은 철사로 묶어 나무 기둥 더미와 함께 뗏목에 매달았다. 소년은 아무 느낌이 없었다. 거친 물살에 머리카락이 풀어져 흔들거렸다.

"일어나, 일어나."

어디선가 황급히 날아온 잠자리가 애타게 소리쳤다. 잠자리는 소년의 눈꺼풀을 치고 입술을 깨물었다. 하지만 소년은 눈을 뜨지 않았다. 잠자리는 소년을 따라갔지만 바위에 부딪쳐 튕겨 오른 물살에 얻어맞고 말았다. 잠자리가 강 위로 드리워진 나무 덩굴 위로 간신히 몸을 피해 정신을 차렸을 때 소년은 멀리 떠내려가고 없었다.

소년은 트럭으로 옮겨 실렸고 화물선을 타고 바다를 건넜다. '일어나, 일어나.' 하는 소리가 한번씩 들려올 때마다 소년은 눈을 뜨고 세상을 바라보았다. 그러나 빠른 속도 속에서 눈에 닿는 대부분의 형태가 날아갔고 일부는 일그러져 보였다. 소년은 도로 눈을 감았다. 고인 눈물이 흘러내렸다.

화물선의 선장은 망망한 바다 한가운데에서 줄곧 수신 장치, GPS, 레이더, 나침반, 수심 측정기, 운항 기록 장치, 팩시밀리 속에 틀어박혀 있었다. 지구를 반 바퀴 돌아도 선장은 언제나 같은 사무실에 앉아 있는 것 같았다.

소년은 다시 트럭으로 옮겨 실려 포장 상태가 좋지 않은 도로를 달렸다. 차체가 심하게 흔들렸다. 바퀴가 움푹 팬 바닥에 부딪혀 트럭이 붕 떠올랐을 때 뒤에 실려 있던 소년이 풀썩 땅바닥에 떨어졌다. 소년의 몸은 데구루루 굴러 도로의 중앙분리대에 부딪히고 나서야 멈추었다.

02
숲보다 덜 어두운 밤

'일어나, 주루야. 일어나.'

소년의 귓가에 잠자리의 음성이 들려왔다.

'나는 움직일 수 없어.'

'일어나, 주루야. 어서 일어나.'

'나무들이 죽었어.'

'넌 살아 있어.'

'……너를 찾으러 갔었어. 네가 보고 싶어.'

'주루, 그게 네 이름이야. 그 이름으로 살아.'

'……'

'다음엔 내가 너를 찾아갈게. 살아 있어.'

주루의 양옆으로 자동차들이 무시무시하게 질주하고 있었다. 자동차가 날쌔게 스칠 때마다 주루의 몸이 들썩였다. 바닥에 미세하게 눌어붙은 타이어 냄새와 매연이 지독했다. 도로 한편은 '낙석 주의'라는 붉은 팻말을 붙인 산비탈이 막고 있었다. 다른 쪽엔 지오폴리머 콘크리트로 시공된 방음벽이 서 있었다.

주루가 천천히 몸을 일으켰다. 눈물이 그렁그렁한 눈으로 하늘을 올려다보았다. 희끄무레하게 뭉개진 하늘이 압박하듯 소년을 내리눌렀다. 멀미가 났다. 바닥에 엎드려 구역질을 했다. 속을 비워 내고 나니 도시의 불규칙하고 가쁜 호흡이 몸속으로 밀려 들어 왔다. 이곳은 더 빨리 움직이느라 더욱 억세진 세계였다. 주루는 도로 위를 달리는 피곤함과 각박함, 1초 단위로 세분화된 일정의 빠듯함에 숨이 막혔다. 살아야 했다. 여기가 어디든 살아야 했다. 주루가 기침을 하며 탁한 숨을 뱉어 냈다.

순간 주변이 기괴하게 조용해졌다. 주루가 구부정하게 선 채 고개를 들었다. 도로가 텅 비었다. 헤드라이트를 번쩍이며 달리던 자동차들이 순식간에 사라졌다. 움직이는 것이라곤 전부 사라져 버렸다. 주루는 어리둥절해 사방을 둘러보았다. 귀가 아플 정도의 정적만 내리깔려 있었다.

주루는 조심스럽게 걸음을 뗐다. 숲에서는 물컹한 흙, 뾰족뾰족한 풀, 크고 작은 돌멩이들이 발아래서 와글와글 움직였었다. 발바닥을 대면 땅속의 벌레와 부화를 준비하는 알, 나무뿌리와 씨앗들이 온몸으로 웃어 댔었다. 하지만 이제 딱딱한 바닥이 주루를 밀어낼 뿐이었다. 주루는 눅눅한 어둠에 파묻힌 도로를 가로질러 갓길로 갔다. 방음벽에서 비상 통로를 찾아내 손잡이를 비틀어 열고 도시로 들어갔다.

크룽은 1세기 전에 한 건축설계사에 의해 설계된 도시다. 길고 수북한 눈썹에 온몸이 주름으로 뒤덮인 건축설계사는 공간을 효율적으로 압축시킨 도시를 만들고자 했다. 수직도시를 세워 주택과 각종 작업장, 공장, 상점, 공공시설을 쌓아 올려 이동 경로를 최소화했다. 상하수도, 쓰레기, 보일러 배관 등의 문제도 처리했다. 그는 도시화로 인한 문제는 더욱 기술집약적인 도시를 만들어 해결할 수밖에 없다고 생각했다. 또한 인간이 자연을 가까이 한답시고 무질서하게 도시 밖으로 나가 큰 집을 짓는다면 자연이 파괴될 것이라며 도시의 모든 기능을 소형화된 수직 공간 속에 집어넣고자 했다. 대신 도시 옆으로는 자연이 살아 숨 쉬길 바랐다.

그러나 수직도시는 성공적이지 못했다. 공공 기관의 유치는 수많은 논란 끝에 실패했고 기대를 품고 입주했던 공장과 상점 들도 오래 버티지 못하고 문을 닫았다. 수직도시가 퇴락하자 그 주위로 박쥐 똥을 먹고 사는 동굴 속 게처럼 빈민들의 주거지가 들러붙기 시작했다. 수직도시를 둘러싸고 펼쳐졌던 진귀한 숲과 늪지, 들판과 사막은 세월이 흐르며 부자들의 주택 부지나 개인 휴

양지로 전락하고 말았다. 크룽은 최하위 빈민층과 최상위 부유층이 기이할 정도로 가까이 이웃한 묘한 도시가 되었다. 소원을 잘못 빌어 한쪽엔 매의 날개를 다른 쪽엔 참새의 날개를 얻게 된 새처럼 말이다.

주루는 건설 노동자들의 수용 시설로 지어졌다가 지금은 빈민들의 거주지로 쓰이는 시멘트 건물 단지를 지났다. 시멘트가 떨어져 나간 벽이 섬뜩하게 골조를 드러내고 있었다. 녹슨 철제 베란다가 반쯤 부서진 채 매달려 있는 집도 많았다. 골목길은 너비가 일정하지 않았다. 시내가 흐르는 곳곳은 짧은 다리로 연결되어 있었다. 쌓아 올려진 판잣집들, 먼지 낀 창살에 걸린 빨래, 낡은 배수관, 고장 난 환풍기가 음산한 분위기를 풍겼다.

주루는 뭉근히 번지는 거리의 악취와 집들의 협소함에 놀랐다. 무엇보다도 어느 곳이건 너무 조용했다. 금 간 유리창 너머로 들여다보이는 집은 죄 비어 있었다. 한 사람도 눈에 띄지 않았다. 대신 주루가 지나는 길마다 가로등이 켜졌다. 주루가 횡단보도 앞에 서자 캄캄하게 풀죽어 있던 신호등이 인사하듯 깜박거렸다.

수상쩍은 셋집이 교묘하게 엉겨 붙은 상가들이 이어졌다. 주루가 지나는 동안 가게 곳곳에 불이 들어왔다. 인형 가게에서는 장식용 오르골이 볼레로를 연주하며 돌아갔다. 여전히 인기척은 없었다. 경멸하며 내리누르는 듯한 이상한 고요였다. 주루는 상가 지구를 빠져나와 불빛 없는 좁은 길로 들어섰다.

소년은 어둠에 익숙했다. 그믐날이면 숲의 밤은 지척도 분간할 수 없을 만큼 어두웠다. 신선하고 맑은 공기로 가득 찬 어둠 속으로 총총한 별들이 만발했고 가냘픈 풀벌레 소리가 생생했었다.

주루는 하늘을 올려다보았다. 불안정하고 혼탁한 어둠이 소년을 조여 왔다. 악어의 뜨거운 목구멍에 머리를 처박고 있는 것 같았다. 숲에서는 느껴 본 적 없는 피곤이었다. 주루는 슬픔 대신 온몸을 후려치는 피곤에 마비되어 있었다.

주루는 대로를 지나 군데군데 공터가 있는 주택가로 들어섰다.

"야, 너 거기서 뭐 하는 거야?"

느닷없는 외침에 주루가 고개를 들었다.

"여기야, 여기! 아니, 그쪽이 아니고. 그래, 그 방향으로 좀 더 고개를 들어. 난 이 위에 있어."

'빈방 없음'이라는 팻말을 내건 허름한 여관들 끝에 거리 쪽으로 여섯 개의 층을 드러낸 집이 서 있었다. 그 건물 옥상에서 한 소녀가 손을 흔들었다. 주루는 소녀가 소리칠 때마다 음침했던 동네가 조금씩 밝아진다고 느꼈다.

"나는 주루야."

주루가 말했다.

"뭐라고?"

소녀는 도톰하고 그리 크지 않은 입술로 소리를 지르며 대담하게 눈을 반짝였다.

"이리 와. 네 목소리는 너무 작아. 저쪽으로 가면 대문이 있어."

소녀가 손짓했다. 주루는 소녀가 가리키는 대로 담을 돌아 문을 찾았다. 좁고 가파른 나선형 계단이 옥상까지 이어져 있었다. 주루는 발밑이 훤히 내려다보이는 철제 계단을 올라갔다. 누군가를 만났다는 안도감 때문인지 긴장이 풀리며 갑자기 졸음이 쏟아졌다. 주루는 아찔하게 높아지는 계단의 난간을 잡고 느릿느릿 아무렇게나 발을 떼었다.

옥상에는 나무로 짠 들마루와 침낭, 그라운드시트, 매트리스와 같은 침구와 잡동사니를 담은 상자 두어 개, 간단한 조리 도구가 있었다. 한쪽에는 지팡이와 다듬지 않은 나무 더미가 쌓여 있었다.

"뭘 하고 있었던 거야?"

주루가 올라오자마자 소녀가 물었다.

"내 이름은 주루야."

주루가 몽롱한 상태로 자기 이름을 한 번 더 말했다. 잠에 취해 말끝이 흐렸다.

"난 하민. 근데 너 설마 졸린 거야?"

주루가 내리감기는 눈을 간신히 뜨고 고개를 끄덕였다.

"뭐야, 그런 게 어딨어? 이런 굉장한 시간에, 너도 크로노……."

하민이 나오는 대로 지껄이다 당황해 말을 멈췄다. 크로노스 시간에 누군가를 만난 건 처음이라 적잖이 흥분해 있었다.

'하마터면 크로노스 시간 얘기를 할 뻔했잖아. 난 너무 기분에 휩쓸려 탈이야. 낯선 애를 여기까지 불러들인 것도 모자라 쓸데 없는 소리를 늘어놓으려 하고. 때마침 어머니 충고를 기억해 내 다행이야. 그나저나 이런 특별한 시간에 잠이나 자려 하다니 이상한 애야.'

하민이 헛기침을 했다. 그러고 보니 소년은 정말 야릇했다. 아무리 봐도 원단을 알 수 없는 누리끼리한 옷에 신발도 신고 있지 않았다. 가방은커녕 소지품을 넣을 주머니 하나 없었다. 그러면서도 묘하게 더럽진 않았다. 맨발로 걸어왔는데도 발에 작은 상처도 없었다. 하민은 소년의 얼굴을 유심히 들여다보았다. 주루의 눈꺼풀이 파르르 떨렸다. 파리한 얼굴엔 식은땀이 흐르고 있었다.

"애, 너 괜찮아? 왜 그래? 어디 아파?"

하민이 놀라 말했다. 주루가 가냘픈 두 팔로 자기 어깨를 감쌌다. 몸이 오들오들 떨렸다.

"너 좀 누워야겠다. 잘 곳은 있어?"

주루가 고개를 가로저었다.

"여기서 잠깐 눈 좀 붙일래? 지붕은 없지만 침낭은 있어. 괜찮지?"

"네가 이곳의 주인이니?"

주루가 옥상 아래 도시를 내려다보며 물었다.

"뭐라고?"

하민이 깔깔대고 웃었다.

"내가 그렇게 보여?"

"여긴 아무도 살지 않는 것 같아."

"아니, 오히려 너무 많이 살고 있어."

순간적으로 하민의 눈썹이 치켜 올라갔지만 주루는 보지 못했다.

"난 널 왕이라고 생각했어. 이렇게 조용한 곳에서 큰 소리 칠수 있는 건 왕밖에 없을 거라고 생각했어."

"웃기는 애구나. 넌 정말 내가 왕 같니?"

주루가 순간 졸음이 씻긴 투명한 눈을 밝게 뜨며 고개를 끄덕였다. 하민은 기분이 좋아졌다. 어깨를 펴고 약간 오만한 표정으로 주루에게 말했다.

"넌 이쪽에서 자. 삼계절용 침낭이라 아직은 충분할 거야."

주루는 하민이 건네준 침낭을 일러 주는 대로 들마루 매트리스 위에 폈다. 차갑던 침낭이 차츰 따뜻해졌다. 주루는 얼굴을 파묻고 열에 시달리듯 금세 잠이 들었다. 주루를 바라보던 하민도 눈을 비볐다.

'왜 이렇게 졸리지? 이상하네.'

하민은 하품을 하고 주루 옆에 침낭을 펴고 들어가 누웠다. 주루의 미지근한 숨결이 느껴졌다.

'아직 크로노스 시간인데, 자면 안 되는데, 다 쓰고 자야 하는데, 아까운데, 안 되는데……'

하민은 잠꼬대하듯 중얼거리다 곯아떨어졌다.

03
거대도시 크룽

다음 날 주루는 시끄러운 소리에 잠을 깼다. 옥상에서 끈질긴
실랑이가 벌어지고 있었다.

"8프놈을 더 내란 말이다."

"그런 법이 어디 있어요?"

"너 혼자 묵는다고 해 놓곤 둘이 있었으니 돈을 더 내야지."

"저 혼자뿐인데 무슨 말씀이세요?"

"이런 고얀 놈 같으니라고. 어디서 속이려 들어? 그럼 저기서
꾸물대는 건 뭐란 말이냐? 저 속에 구렁이라도 들어 있단 말이
냐?"

주인 할아버지가 들마루 위의 침낭을 가리키며 고개를 돌렸

다. 몇 가닥의 백발만 남은 초라한 정수리 옆으로 기름을 발라 검은 머리카락을 정성껏 붙여 놓았다. 바람이 불면 물에 젖은 제비꼬리처럼 날렸지만 그 검은 머리카락은 주인 할아버지의 유일한 자랑거리였다. 하민은 침낭을 돌아보고 흠칫했다. 주루가 침낭 속에서 얼굴을 쑥 내밀었다.

'뭐야? 어째서 여태 있는 거야? 크로노스 시간이 끝나면 본래 있던 곳으로 돌아가게 되는 거잖아…… 그게, 그러니까…… 쟨 왜 여기 있지? 무슨 문제가 생긴 걸까? 기술적 결함? 경쟁사 카이로스 사의 해킹?'

하민은 당황해 조급하게 생각을 이어 나갔다.

'돌발 상황이 생겼나 봐. 지금은 베타 서비스 기간이니 크로노스 시간에 대해 말하지 말라는 어머니의 충고가 옳았어. 어머니에게 얼른 알려야 해.'

하민이 클레버폰으로 어머니에게 이 상황을 빠르게 보고했다. 그러면서도 용하게 할아버지의 말을 맞받아쳤다. 클레버폰은 뇌파를 이용해 생각을 상대에게 전송할 수 있는 기기였다. 두 가지 일을 동시에 진행할 때면 하민은 자신이 유능하게 여겨졌다.

"얘는 겨우 밤중에 와서 잠만 잤는데요."

"언제 왔느냐는 건 중요하지 않아. 하나면 하나, 둘이면 둘, 무조건 머릿수대로 돈을 내야 하는 거야."

"말도 안 돼요. 게다가 할아버지도 눈이 있으면 저 애 꼴 좀 보세요. 누구라도 재워 주지 않을 수 없었을 거예요. 쟨 금방 쓰러질 것 같았다고요."

"시끄러워. 다른 말은 필요 없어. 저녁때 다시 올 테니 그때까지 8프놈을 준비해 놔. 안 그랬다가는 너도 쫓아내 버릴 거야. 알았어?"

할아버지가 매몰차게 말하고 철제 계단을 내려갔다. 그러면서 연신 마른 손가락으로 검은 옆머리를 정성스럽게 쓸어 넘겼다.

주루가 침낭 속에서 걱정스럽게 하민을 올려다보았다.

"괜찮아, 말은 저렇게 해도 진짜로 쫓아내진 않아. 평생 닦달하는 게 몸에 배어서 누구라도 닦달하지 않고는 못 배기는 거야. 그리고 벽도 지붕도 없는 옥상이지만 8프놈이면 싼 거야. 크룽에선, 특히 이 바탕구역에선 열 명 중 세 명은 옥상에서 살아. 날씨가 추워지면 별수 없이 20프놈짜리 방이라도 얻어야 하지만 요즘 같은 때야 이 정도도 감지덕지지."

하민이 어제 떠다 놓은 2리터짜리 물병을 들고 코펠에 물을 부었다. 휴대용 버너에 코펠을 얹고 물이 끓기를 기다리는 동안 하민은 목을 빼고 옥상 너머로 눈길을 던졌다.

푸르스름한 서광이 멀리 보이는 수직도시의 상단부를 비췄다. 수직도시는 한때 크룽의 상징이었지만 퇴락한 뒤로는 빈민가 바탕구역의 상징이 되었다. 해가 본격적으로 떠오르자 수직도시에 촘촘히 박힌 수천 개의 유리창이 햇빛을 반사했다. 순식간에 해가 수천 개로 늘어나 바탕구역의 구석구석이 밝아졌다.

하민은 습한 제방과 외진 골목, 지저분한 길모퉁이를 꼼꼼히 바라보았다. 허다한 거리가 밀집해 한 겹, 두 겹, 세 겹, 겹겹이 쌓인 판잣집 지붕을 잔잔한 파도를 타넘듯 끝까지 넘겨보았다. 하민의 시선은 이제 수직도시와는 다른 방향을 향해 있었다. 들쭉날쭉한 건물들에 가려진 무언가를 끈질기게 보고 있었다. 하민은 떨어질 위험을 무릅쓰고 옥상 난간으로 바싹 몸을 기울였다. 얼마나 그러고 있었는지 몸이 굳어져 허리가 뻣뻣했다. 하민은 어머니의 반응을 기다렸다. 점점 초조해졌다.

하민이 바탕구역에 온 건 삼 개월 전이었다. 하민은 곧 상용화될 시간 매매 기술, 크로노스 시간의 광고 전략을 짜기 위해 이곳에 왔다. 어머니는 그럴 것 없다고 극구 말렸지만 하민은 어머니에게 뭔가 보여 주고 싶었다. 하민은 일부러 구한 구식 비박용 장비만 챙겨 집을 나왔다. 앞으로 시간 판매의 주 공급원이 될 빈민들의 시간 패턴과 가치 관념을 파악해 좋은 아이디어를 얻겠다는 일념으로 이런 생활을 하고 있었다.

주루가 몸을 떨며 침낭에서 기어 나왔다. 거리는 벌써 깨어나 오가는 사람들로 분주했다. 과일 장수가 휘장을 둘둘 말아 올리고 가판대를 꺼내 놓았다. 망가진 에어컨, 컴퓨터, 시계, 냉장고를 산다는 고물 장수의 확성기 소리가 울렸다. 산비탈에 늘어선 집들에서 사람들이 쏟아져 나와 물결을 이루며 언덕을 내려왔다. 주루는 어느 곳이든 텅 비어 있던 어젯밤이 떠올라 눈이 휘둥그레졌다.

"여기가 어제 그곳이니?"

"그럼 아니란 말이니?"

하민이 느닷없이 화를 냈다. 어머니로부터 연락이 늦어져 신경이 곤두서 있었다.

"어제랑 다르게 보여서."

"흥, 넌 이 집에 발이라도 달려 있다고 생각하니? 여긴 제1자치구 바탕구역이야. 크룽에서 가장 오래된 곳이라고."

그때 어머니에게서 놀랍다는 반응이 왔다. 어머니는 어제 하민이 있던 장소에 어떤 오류가 발생했는지 확인해 보겠다고 했다. 하민은 어머니의 반응에 고무되어 주루와의 대화를 낱낱이 어머니에게 전송했다. 자신의 말 한마디 한마디가 어머니에게 중요한 정보가 될지도 모른다는 생각에 들떴다.

"넌 어젯밤에 어디서 왔어?"

하민이 열의에 차 물었다.

"……숲에서."

주루가 머뭇거리다 말했다. 평범한 이 한 음절이 심장을 열고 가까스로 목구멍까지 떠오르는 동안 주루는 고통을 느꼈다.

"거기서 얼마나 살았는데?"

주루가 잠시 생각에 잠겼다.

"……만 년."

활기차던 하민의 얼굴이 짐짓 심각해졌다.

'어제는 나보고 왕이냐고 묻더니 오늘은 자기가 만 년이나 살았다고 하잖아. 옷차림도 이상하고. 아무래도 머리가 어떻게 된 모양이야. 이런 대화를 어머니에게 전송하다니 어머니가 화를 내고 말겠어.'

하민은 맥이 빠져 물끄러미 주루를 쳐다보았다.

불에 얹어 놓고 깜빡한 물이 졸아붙고 있었다. 하민이 익숙한 솜씨로 건조된 야채와 쌀가루를 넣고 휘휘 저었다. 구수하고 달큼한 죽 냄새에 배 속이 요동쳤다. 하민과 주루는 순식간에 냄비 바닥까지 박박 긁어 먹었다. 배가 부르니 하민은 기분이 나아졌다. 슬슬 머리가 어떻게 된 소년을 쫓아 보내고 광장으로 나갈 생각이었다. 소년은 갈 데도 없고 아는 사람도 없는 듯했지만 그건 하민으로서도 어쩔 수 없는 일이었다.

하민이 이제 어디로 갈 거냐고 넌지시 묻자 주루는 하민의 의도를 알아차린 듯 고마웠다고 인사하며 일어섰다. 난데없이 하민은 울컥했다. 소년이 막상 떠나려 하니 섭섭해 견딜 수 없었다. 하민은 주루를 붙잡았다. 주루가 하민을 돌아보았을 때 하민은 맑은 숲에 들어와 있는 것 같은 착각에 빠졌다. 머릿속이 깨끗해지고 환해졌다. 감미로운 산들바람이 소녀를 감싸는 듯했다.

"갈 데 없으면 당분간 여기서 지내도 돼."

하민이 수줍게 말했다.

하민은 주루에게 자기 옷을 꺼내 주었다. 주루의 옷차림 그대로 돌아다녔다간 동네 아이들의 놀림감이 되기 십상이었다. 둘은 체구가 비슷해 하민의 옷은 주루에게 잘 맞았다.

"뭔가 재주는 있어?"

하민이 물었다.

"재주?"

"돈 벌 만한 거 말이야. 나는 감태나무 목재로 지팡이를 만들거든. '나무잘라목공소'에서 자투리 감태나무를 10프놈 어치 사면 보통 네 개는 만들 수 있어. 그럼 개당 3프놈에서 5프놈 정도 받고 파는 거지."

하민이 자기가 만든 지팡이를 가리켜 보이고 말을 이어 갔다.

"예전에 우리 할아버지는 노인용 지팡이만 만들었어. 그러면 사 온 목재 중 길이가 맞지 않는 절반 정도는 버리게 돼. 난 그게 아까워서 어린이용 지팡이도 만들어. 할아버지가 계셨다면 쓸데없는 짓을 한다고 못 하게 했겠지만 삼 년 전에 돌아가셨으니 내 멋대로 하는 거지, 뭐. 요즘엔 애완용 개들을 위한 지팡이도 만들어 볼까 생각 중이야. 사람 눈높이에 맞추느라 자꾸 두 발로 서서 디스크 생긴 개들이 많아졌대."

하민은 만나는 사람 누구에게나 이렇게 말했다. 지팡이 얘기는 사실이었지만 할아버지 얘기는 물론 거짓이었다. 그러나 할아버지 얘기 덕분에 바탕구역의 누구도 하민이 이곳에 온 지 삼 개월밖에 되지 않았다는 사실을 알아채지 못했다. 날이 갈수록 더욱 그럴듯해지는 할아버지 얘기를 들으며 사람들은 그런 노인을 몇 해 전에 본 듯하다고 생각했다. 그리고 할아버지를 잃고 혼자 살아가는 하민을 가엾게 여겼다. 이 주 전에는 할아버지 친구였다는 뻥튀기 장수를 만나기도 했다. 그는 하민을 어렸을 때 본 적이 있다며 어쩜 이렇게 하나도 변하지 않았냐고 볼이 아프도록 꼬집어 댔었다. 하민은 어이가 없었지만 옆에서 지켜보고 있는 친구들 때문에 거짓 눈물을 짜내며 할아버지가 어떻게 돌아가셨는지 그에게 들려주어야 했다. 그는 하민의 얘기를 다 듣고는 말없이 담배를 태우더니 굵은 눈물방울까지 뚝뚝 흘렸었다.

"수직도시에 사는 도치는 묘기 축구를 잘해. 걘 로터리 광장에서 십오 분씩 하루에 여덟아홉 번 공연하는데 인기가 많아. 도치는 공을 양쪽 어깨로 번갈아 쳐 내다 가슴으로 받기도 하고 이마에 공을 올리고 걸을 수도 있어. 발등, 발끝, 발꿈치, 정강이는 말할 것도 없고 몸 어디로든 공을 튕길 수 있다니까. 상체를 이용하는 기술만 해도 수십 가지고 발재간까지 합치면 수백 가지는 될걸. 대단하지? 손이 솥뚜껑만 한 핍은 걸레질을 잘해서 도로에서 차를 닦아. 걔 걸레가 슥슥 지나가기만 하면 한 달 묵은 때 같은 건 꼼짝없이 닦여 버려. 넌 뭘 할 수 있어?"

한참 만에 주루가 대답했다.

"……할 줄 아는 게 없어."

"없어? 하나도? 그럼 뭐 특이한 신체적 특징이라도 있어?"

하민이 주루의 얼굴을 이리저리 당겨 보았다. 혀를 내밀어 보라고 했다가 귀를 움직여 보라고 했다가 옷까지 들추고 몸을 살폈다.

"없어. 네 몸에는 돈 될 만한 특징이 하나도 없어. 뭐야, 그러면서 겁도 없이 크룽에 온 거야? 여긴 너 같은 애는 살 수 없는 곳이야. 돈 없이는 숨조차 쉴 수 없는 곳이 바로 크룽이라고."

하민이 나무라듯 말했다.

주루는 하민의 말을 듣다 무엇 때문인지 정말로 숨이 막혀 버렸다. 갑자기 마음이 병들어 버린 것 같았다. 마음속에 듬성듬성 남아 있던 잎사귀가 파란 반점으로 얼룩졌다. 주루는 웃었다. 그러나 고통이 조금밖에 가시지 않았다. 주루는 노래하기 시작했다. 파란 얼룩 위로 휘어진 빛 몇 줄기가 닿았다. 조금씩 밝아지는 빛에 얼룩이 점점 흐려졌다.

하민은 주루의 갑작스러운 행동에 당황했지만 숨죽여 노래를 들었다.

"세상에! 이런 노래는 난생처음이야. 넌 광장에서 노래를 부르면 되겠다. 돈을 아주 많이 벌겠어."

두 소절이 채 끝나기도 전에 하민이 소리쳤다. 주루는 그 소리에 놀라 노래를 뚝 그쳤다.

04
숲의 노래

로터리 광장은 한때 역세권으로 번영을 누렸지만 지금은 보잘 것없었다. 번듯한 간판을 내걸고 조명을 밝히던 상가들은 문을 닫았고 오가는 사람도 드물었다. 비둘기 떼마저 자취를 감춘 지 오래였다. 이끼로 얼룩진 분수대와 비둘기 똥이 말라붙은 동상 만이 과거의 영광을 기억하고 있었다.

이제 로터리 광장에는 힘없이 좌판을 펴는 뜨내기 장사꾼들이 모여들었다. 그 덕에 아이들도 비집고 들어갈 틈이 있었다. 그나 마 좋은 자리는 어른들 차지였고 폐차된 자동차와 포석이 깨져 군데군데 웅덩이가 생긴 광장의 모퉁이가 아이들을 반겼다. 다행 히 도치는 인기가 있어 말 동상 앞에서 묘기를 부렸다.

주루는 하민의 옆에 자리를 잡았다. 처음엔 하민과 아이들 몇몇만 주루의 노래를 들었다. 앞에 놓아둔 상자에는 돈이 모이지 않았다. 그래도 주루는 좋았다. 저마다 다른 곳에서 장사를 하는 아이들이 틈날 때마다 주루의 노래를 들으러 왔다. 횡단보도 앞에 자동차가 설 때마다 무조건 달려 나가 걸레질을 해 주고 "500시렁, 500시렁!"을 외치는 핍이 가장 자주 왔다. "도대체 어디에서 그런 소리가 나오는 거야?" 하며 핍은 노래하는 주루의 얼굴을 만져 보았다.

하지만 돈이 없으니 배가 고팠다. 도치가 주먹밥을 사다 하민과 주루에게 두 덩이씩 내밀었지만 하민은 한 덩이만 받았다. 주루가 마저 받으려는 걸 하민은 받지 못하게 했다. 주먹밥은 한 덩이에 1프놈 200시렁이나 했다.

"돈이 없을수록 거지 근성을 버려야 해. 그러지 않았다간 진짜 거지가 되기 십상이야."

주루는 고개를 끄덕이고 배고픔을 참았다.

일주일쯤 지나자 주루 앞에 사람들이 조금씩 모여들었다.

"못 보던 꼬만데 노래를 아주 잘하네."

지나가던 아저씨가 멈춰 섰다. 그는 키가 상당히 컸고 혈색 좋은 얼굴에 광대뼈가 넓게 튀어나와 있었다. 광택 나는 감색 양복을 입고 굵은 눈썹을 치켜세운 채 주루를 바라보았다.

"이거 시간이 없는데……. 에라, 모르겠다. 애야, 그 앞 소절을 다시 한번 불러 봐라. 옜다, 1프놈이다."

아저씨가 광장의 시계탑을 올려다보고는 상자에 1프놈짜리 지폐를 던졌다. 주루로서는 처음 받아 보는 돈이었다. 주루는 아저씨의 요구대로 앞 소절을 다시 불렀다.

"아니, 아니, 그게 아니지. 그 앞 소절, 거길 다시 불러 봐."

주루가 다음 소절로 넘어가려 하자 아저씨가 날카롭게 소리쳤다. 그러면서 안절부절못하기 시작했다. 노래를 더 많이 들어 위안을 얻고 싶었지만 시간이 빠듯했다.

"이거 회의 시간이 다 됐는데 그냥 갈 수도 없고. 애야, 그 부분만 좀 더 빨리 불러 봐라."

아저씨가 조바심을 내며 알 수 없는 미소를 벙글거렸다. 주루는 어떻게 해야 좋을지 몰라 노래를 멈추었다.

"왜 안 하니, 꼬마야? 돈을 더 내놓으라는 거냐? 거지새끼 같은 녀석들. 하나같이 약아빠졌단 말이야. 아주 돈독이 올랐지, 올랐어. 옜다, 여기 1프놈이다. 자, 어서 해 봐. 서두르란 말이다. 그 부분이 묘하게 마음을 설레게 하는구나. 노래를 불러라, 꼬마야."

아저씨가 우악스럽게 명령했다. 곁에서 지켜보던 하민이 벌떡 일어섰다.

"아저씨, 그렇게는 안 돼요. 앤 자기가 하고 싶은 노래를 할 거예요. 아저씨가 아무리 돈을 많이 내도 앞부분만 반복하게 할 수는 없어요. 이 돈, 도로 가져가세요."

하민이 상자에서 돈을 꺼내 아저씨에게 거칠게 돌려주었다. 아저씨는 상스러운 욕을 내뱉으며 자리를 떴다.

"오늘은 됐어. 그만 가자."

하민이 벌여 둔 지팡이를 꾸려 등에 짊어졌다. 하민은 종일 5프놈짜리 지팡이 한 자루를 팔았다. 하민은 말없이 뒤따라오는 주루를 돌아보며 자기가 바탕구역의 생활에 너무 깊이 빠져들고 있다고 생각했다.

며칠 뒤 하민은 주루 먼저 로터리 광장에 보내 놓고 골목을 에돌아 졸랑구역으로 들어갔다. 바탕구역의 하민네 옥상에서 졸랑구역의 집으로 바로 간다면 십여 분밖에 걸리지 않았다. 그러나 하민은 남의 눈에 띌까 싶어 바탕구역의 외곽으로 돌아 왕래했다. 하민네 진짜 집이 있는 졸랑구역은 부유한 사람들의 동네로 커다란 집들이 포진해 있었다. 담벼락이 끝없이 이어져 있어 어디서부터 어디까지가 집의 경계인지 사는 사람밖에 알지 못했다.

하민은 점심때가 되어서야 광장에 도착했다. 멀리서 주루의 노랫소리가 들려왔다. 하민은 오는 길에 시장에 들러 주먹밥과 사과 두 알을 샀다. 탐스러운 붉은 빛깔에 연녹색이 스며든 싱싱한 사과였다. 하민은 주루가 좋아할 생각에 발걸음이 빨라졌다. 분수대를 지나 하민은 발소리를 죽여 주루 뒤쪽으로 서서히 접근

했다.

며칠 전부터 알짱거리던 수리가 주루의 상자에서 돈을 꺼내 가고 있었다. 유난히 옅은 갈색 머리에 이마가 툭 튀어나온 수리는 얼굴이 긴 편이고 예쁘장했다. 까무잡잡한 피부가 뜨거운 태양 아래 반짝였다.

하민의 눈에서 불똥이 튀었다. 그러잖아도 하민은 얼마 전 효안에게서 수리에 대한 불평을 들었다. 수리가 게을러 빠져서 일하기는 싫어하고 옷만 잘 차려입고 싶어 한다고 했다. 빨래도 자기한테 떠넘기고 허구한 날 얻어먹을 궁리만 한다고 효안의 불만이 대단했다. 하민이 성큼성큼 걸어가 수리의 손모가지를 비틀었다.

"아야, 왜 이래?"

수리가 소리를 질렀다.

"손에 든 거 내려놓지. 안 그러면 팔이 꺾일 텐데."

"너 미쳤어? 이게 무슨 짓이야?"

"내가 미쳤는지 안 미쳤는지는 너 하기에 달렸을걸."

하민이 으스러뜨릴 듯 수리의 손목을 죄었다. 수리가 비명을 지르며 돈을 놓았다. 순간 하민이 수리를 바닥에 내동댕이쳤다. 주루는 노래를 멈추고 창백해져 있었다.

"이제 하다 하다 도둑질까지 해!"

하민이 불타는 눈초리로 수리를 쏘아보았다. 수리는 몸을 부들부들 떨며 일어났다.

"도둑질이라니, 말이면 단 줄 알아? 제대로 알지도 못하면서 왜 끼어들어 행패야? 네가 주루 마누라라도 돼? 몰래 붙어먹기라도 한 모양이지?"

새빨개진 하민의 얼굴에 경련이 일었다. 수리는 공격이 먹혀들자 의기양양해져 더욱 큰 소리로 떠들어 댔다.

"주루가 언제까지 네 말만 잘 들을 줄 알았나 보지? 근데 어쩌나, 내 말도 아주 잘 듣던데. 내가 주루한테 100시렁이랑 1프놈이랑 바꾸자고 했어. 100시렁짜리 동전을 햇빛에 비춰 보이며 정말 깨끗하고 예쁘다고 꾀니까 그대로 넘어오던걸. 100시렁이 열 개는 있어야 1프놈이 되는데도 횡재한 듯 내 손에서 100시렁을 받아 가던데."

수리가 소리 높여 웃었다. 분노에 사로잡힌 하민의 눈에 주루가 미리 가져다 펴 놓은 지팡이가 들어왔다. 하민은 순식간에 지팡이를 집어 들고 수리를 사정없이 후려쳤다. 수리가 반사적으로 치켜든 팔뚝을 맞고 소리를 지르며 바닥에 쓰러졌다. 그제야 하민은 정신이 들었다. 수리의 팔이 부러졌을지도 몰랐다. 하민은 지팡이를 내려놓고 수리에게 다가갔다. 금세 퉁퉁 부은 팔을 붙들고 울던 수리가 하민의 머리채를 잡아챘다. 머리카락이 뽑혀나가면서 하민의 몸에 다시 불이 붙었다. 하민은 수리의 얼굴을 할퀴었다. 수리도 벌떡 일어나 하민의 옆구리를 발로 찼다. 둘은 엉겨 붙어 싸웠다. 팔과 목, 얼굴에 상처가 생겼다. 살갗이 까져 벌겋게 부어오른 하민의 목에 피가 흘렀고 수리의 입술은 부풀어 올랐다.

주루는 싸움을 말려 보려 했지만 굉음이 진동하는 숲에 들어와 있는 듯 정신이 헷갈렸다. 어디선가 희미한 피비린내가 났다. 거대한 나무가 넘어가고 작은 나무들이 으깨지고 새가 반으로 쪼개져 뚝뚝 떨어졌다. 주루는 구역질을 했다.

공격할 기회를 찾아 서로를 죽일 듯 노려보던 하민과 수리는 주루를 보고 어영부영 싸움을 그만두었다. 하민은 주루의 등을 두드리며 수리에게 물을 사 오라고 800시렁을 건넸다. 수리도 군말 않고 육교를 건너 상점으로 뛰었다. 도치와 핍이 왔다. 아이들은 주루의 입과 손을 씻어 주고 입 안을 헹구게 한 뒤 그늘에 편하게 앉혔다. 그러나 주루는 좀처럼 진정이 되지 않았다. 눈가는 거무스름했고 뺨은 축축하게 젖어 있었다. 핏기 없는 입술을 꼭 다물고 주루는 오랫동안 몸을 떨었다.

그날 저녁 하민과 주루는 들마루에 누워 초승달과 금성을 보고 있었다. 하민은 상처가 욱신거릴 때마다 수리에 대한 분노가 되살아났다. 언젠가 제대로 흠씬 두들겨 주고 싶었다.

'다음에는 정말 팔이라도 부러뜨려 버려야지. 나쁜 계집애, 내 머리카락을 뽑고 손톱으로 목을 긁어 놨어.'

하민이 이를 악물었다. 주루에게 단단히 일러 놓는 것도 잊지 않았다.

"다음부터는 수리가 무슨 말을 해도 듣는 척도 하지 마. 걘 다른 애들이랑은 달라. 음흉한 데가 있어. 그런 애는 가까이 하면 안 돼. 근데 너, 100시렁이 1프놈의 10분의 1이라는 걸 여태 모르고 있었어? 내가 돈에 대해 설명해 줬잖아. 다시 잘 들어. 1시렁은 1프놈의 1000분의 1밖에 되지 않아. 그러니까 1000시렁이 1프놈이랑 같은 거고······."

"나도 알아."

주루가 말했다.

"알아? 알고 있었어? 근데 왜 속은 거야? 100시렁이랑 1프놈을 바꾸었잖아."

"수리한테 그 돈이 더 필요해서 그랬어."

"그러니까 네 말은 수리가 불쌍해서 속아 줬다는 거야?"

하민이 큰 소리로 웃었다. 주루는 눈이 휘둥그레져 상반신을 일으켜 하민을 바라보았다. 하민이 웃다 말고 정색을 했다.

"그런 식으로 돈을 줘선 안 돼. 네가 쉽게 속아 주면 걘 너를 이용하려 들 거야. 그럼 점점 나쁜 애가 돼 버린단 말이야. 이용하는 사람도 나쁘지만 이용당하는 사람도 나쁜 거야."

하민은 동정심을 자극해 구걸하는 사람들에게 지갑을 열어서는 안 되는 이유를 어머니에게 숱하게 들어 왔다. 어머니는 쉽게 돈을 내주는 건 상대를 더 게으르고 나약하게 만들어 빨리 파멸하게 만드는 길이라고 했다.

"수리는 어젯밤부터 굶었어."

주루가 말했다.

"그거야 당연하지. 걘 아무 일도 안 하려 든다고. 한동안은 염색 가루를 팔더니 이제 그것도 안 하잖아. 돈이 없으면 굶는 건 당연한 거야."

"수리는 친구들이 요즘 자길 싫어한다는 걸 알아. 그래서 돈을 빌리거나 얻어먹을 용기가 나지 않았어."

"효안마저 질려 버렸으니 그 정도면 볼 장 다 본 거지."

"수리는 여섯 살 때부터 부품 공장에서 일했어. 공장이 망한 뒤로는 엽서도 팔고 마사지도 했어. 구리 조각이나 고철, 잡동사니도 주워 팔았어. 만약 수리를 보살펴 주는 가족이 있었다면 일을 안 한다고 해서 밥을 굶게 하지는 않았을 거야."

"무슨 소리가 하고 싶은 거야?"

"수리는 날 이용한 게 아니야. 배가 고프고 지쳐서 그런 거야. 수리에게는 보살핌이 필요해."

하민은 머릿속이 복잡해졌다. 주루의 말을 알아들을 수가 없었다. 누구든 가난하다면 그건 본인 책임이었다. 하민은 기분이 나빠졌다. 문득 남자애들이 수리가 제일 예쁘게 생겼다고 말하던 게 떠올랐다.

"너 혹시 수리가 맘에 들어서 그런 거야? 예뻐서?"

하민이 진절머리 난다는 표정으로 주루를 쏘아봤다.

"하여튼 남자애들이란 하나같이 덜떨어져서 다 똑같아."

이번에는 주루가 하민의 말을 알아듣지 못했다.

잠시 뒤 주루는 물병을 들고 수도장으로 물을 뜨러 갔다. 가게에서 사면 가장 싼 물도 500밀리리터에 800시렁인데 수도장에선 1프놈에 2리터를 살 수 있었다. 물론 아무리 아껴도 매일 마시고 씻는데 최소 6리터는 필요했기에 꼬박꼬박 3프놈 이상 지출하는 건 만만치 않았다.

주루가 나가고 하민은 가느다란 초승달 옆에서 더욱 밝게 빛나는 금성에 시선을 고정시키고 있었다. 하민은 당장 바탕구역을 떠나고 싶다는 격렬한 느낌에 사로잡혔다. 복작거리는 삶이 뿜어대는 소음과 시큼한 냄새에서 벗어나고 싶었다. 주루고 수리고 다시 보고 싶지 않았다. 하민은 입 안에서 쓰디쓴 맛을 느꼈다. 조금 전 주루에게 했던 말들이 혀끝에서 녹지 않고 있었다.

물병을 가득 채워 온 주루에게 하민은 뾰로통하게 굴었다. 그러나 곧 안절부절못하는 자신을 발견했다. 하민은 주루의 사소한 동작 하나하나에 주의를 기울이고 있었다. 그 아이를 오랫동안 바라보고 싶다는 다소 고통스러운 욕구를 느꼈다. 하민은 막연한 두려움이 들었다. 앞으로 주루를 좀 멀리해야겠다고 생각했다. 따뜻한 저녁 미풍이 몇 개의 나뭇잎을 흔들고 지나갔다.

주루는 로터리 광장에서 유명한 인물이 되었다. 주루의 노래를 들으러 일부러 찾아오는 사람들도 생겨났다. 광장에 오랜만에 활기가 돌았다. 사람들로 북적거리자 다른 아이들의 장사도 수월해졌다. 주루의 상자에 돈이 찰랑찰랑 쌓여 갔다.

하지만 주루는 나날이 노래하는 게 힘들어졌다. 어느 나이 든 신사는 훌륭한 노래라고 연신 탄복하며 집게손가락으로 코를 긁었다. 사실 그는 코를 긁는 척했지만 사람들 모르게 코를 후비는 데 온갖 신경이 팔려 있었다. 앞에 앉은 술 취한 아저씨는 줄곧 팔짱을 끼고 따분한 표정을 짓고 있다 노래가 끝나면 과도한 환호를 보냈다. 쥐포와 감자튀김을 질겅질겅 씹으며 수다를 떠는 연인들, 노래를 어디서 배웠느냐고 따져 묻고는 아무 데서도 배우지 않았다고 하자 화를 내는 아줌마도 있었다.

찬사가 이어졌지만 표현은 거칠었다. 주루는 사람들이 가슴 깊이 느낀 감동을 입에 발린 말로 포장해 아무렇게나 내뱉는 게 이상했다. 사람들이 많아질수록 주루의 마음은 어두워졌다. 마음이 어두울수록 노래는 찬연히 빛났다. 주루가 괴로울수록 사람들은 소년의 노래를 더 좋아했다.

주루가 주목받으면서 도치의 인기가 시들해졌다.

"뭐든 유행을 타니까. 나도 사람들이 언제까지나 좋아해 줄 거라고는 생각하지 않았어. 네가 아니었어도 난 물릴 때가 됐어."

도치가 애써 담담하게 말했다. 무명 연극배우였던 도치의 엄마는 도치가 일곱 살 때 죽었다. 신출내기 스태프의 실수로 천장에서 떨어진 조명 기구를 머리에 맞고 즉사한 것이다. 당시 도치는 할머니와 함께 비닐 포장한 꽃다발을 가슴에 안고 '버둥버둥극장'에 갔다. 버둥버둥극장은 시설이 낡고 공기가 탁했다. 그래도 엄마에게는 2000석이나 되는 대형 무대에 처음 서는 뜻 깊은 장소였다. 십 대에 미혼모로 도치를 낳은 그녀는 아기를 할머니에게 맡기고 먼지로 폐가 망가져 피를 쏟을 때까지 지하 소극장에서 연극에 매진해 왔다. 이번 무대로 성공이 보장되는 건 아니었지만 그녀는 큰 무대의 비중 있는 배역을 맡은 것만으로도 기뻐했다.

할머니는 딸이 몰라보게 마른 걸 보고 가슴이 미어졌다. 딸이 무대에서 사랑을 속삭이며 행복한 노래를 부르는 동안 할머니의 얼굴은 슬픔으로 젖어 들었다. 엄마를 일 년에 두세 번밖에 보지 못했던 도치는 엄마가 낯설었다. 도치는 요정처럼 사뿐사뿐 움직이는 엄마를 꿈꾸듯 보고 있었다. 조명 기구가 머리를 강타한 뒤에도 엄마는 끝맺지 못한 노래를 마저 부르려고 입을 벌리는 듯했다. 할머니는 딸을 잃은 충격으로 육 개월 만에 세상을 떠나고 말았다.

"네 노래를 들을 수 있어서 좋아. 늘 엄마가 마지막에 불렀던 노래가 궁금했어. 그때 분명 들었는데 암만해도 기억이 나지 않아. 지금도 엄마 모습은 또렷이 떠오르는데 입만 벙긋거릴 뿐 소

리가 들리지 않아. 한번씩 그것 때문에 미칠 것 같았어. 근데 네
노래를 듣고 있으면 엄마 노래가 들리는 것 같아. 계속 듣다 보면
언젠가는 엄마가 끝맺지 못한 노래를 마저 들을 수 있을 것 같다
는 생각도 들어."

도치가 촉촉해진 눈망울로 웃어 보였다.

사람들은 주루의 노래를 숲의 노래라 불렀다. 그들은 하나같
이 언젠가 그 노래를 들어 본 적이 있다고 생각했다. 하지만 사람
에게서가 아니라 식물이나 곤충에게 들은 것 같았다. 감정이 배
제된 특이한 음색에 선율이 강조된 노래가 안개처럼 퍼지면 사
람들의 가슴에서 미세한 느낌이 살아났다. 때로는 가사 한 음절
이 느리게 이어지며 환상적인 풍경이 보이는 듯했다. 엉겅퀴와 솔
체꽃, 술패랭이꽃이 향기롭게 솟아올랐다. 이끼 덮인 바위를 타
고 폭포가 쏟아졌다. 빽빽한 숲에 한 줄기 빛이 스며들었고 기묘
한 공상을 품게 하는 수천 가지 빛깔의 낙엽이 바닥에 굴렀다.
사람들은 그 속에서 각기 좋아하는 장소에 찾아들었다. 어려서
발견했던 동굴, 따뜻하게 달궈진 넓적한 바위, 유리구슬을 파묻
어 놓은 나무 그늘을 다시 찾아낸 것만 같았다.

사람들이 가고 나면 주루는 몸살을 앓았다. 쓰레기가 버려지
고 고성과 수다가 침묵을 깨뜨렸다. 희귀한 꽃들이 꺾였다. 터널
이 뚫리고 도로가 능선까지 감겨 올라왔다. 주루는 아무도 모르

는 더 깊은 숲을 찾아갔다. 사람들이 금세 따라붙었다. 그들은 태고의 순수가 살아 있는 원시림을 보게 되었다. 그곳조차 훼손되는 데는 오래 걸리지 않았다. 감동이 가시기도 전에 과도한 표지기를 달고 호객 행위를 하며 많은 사람들이 몰려들었다. 사람들은 그런 식으로밖에 사랑할 줄 몰랐다. 주루는 비틀거리며 또 다른 숲을 찾아 헤맸다. 주루에게는 점점 더 많은 노래가 필요하게 되었다.

05

25시의 왕과 거지

하민은 시계를 들여다보고 있었다. 안쪽의 기계장치가 그대로 보이도록 디자인된 티타늄 시계였다. 23시 59분이 지나는 순간 하민의 시계에 25시가 나타났다. 하민은 조금 전 손등에 액체로 된 일회용 칩을 삽입했다. 칩을 삽입해야 새로운 시간을 몸이 인식할 수 있었다. 크로노스 시간이 상용화되면 장기적으로 쓸 수 있는 칩이 나오겠지만 아직은 일회용으로 만족해야 했다.

하민은 실재 시간에서 크로노스 시간으로 넘어가는 이 순간을 좋아했다. 도시를 뿌옇게 뒤덮고 있던 사람들이 사라지고 자잘한 일상의 소음이 잠들었다. 방금 전까지만 해도 사람들로 바글대던 집들이 텅 비었다. 지금부터는 오직 25시를 소유한 사람만 존재했다. 그가 바로 하민이었다. 도시의 밑바닥이었던 바탕 구역 옥상에서 25시의 하민은 왕이 되었다.

하민은 거칠 것 없이 뛰었다. 까맣게 죽어 있던 거리가 하민의 움직임에 살아났다. 하민이 눈길을 던지자 꺼져 있던 가로등이 켜졌다. 하민의 발소리에 바닥에 늘어져 있던 풍선 인형이 춤추기 시작했다. 25시의 공간은 25시에 존재하는 사람에 의해서만 깨어났다. 하민이 밟아 주지 않는다면 수많은 골목길과 그물코처럼 얽힌 집과 일터와 상점, 낡은 극장은 폐허나 다름없었다. 거기 있긴 할 테지만 존재하지 않았다. 하민이 시선을 돌리는 만큼 세상이 창조되었다. 걷는 대로 길이 생겼다. 하민은 자신의 존재를 이렇게 크게 느껴 본 적이 없었다. 하민은 길 한복판에 멈춰서서 깔깔대며 큰 소리로 웃었다. 이 순간 하민은 세상을 다 가졌다. 달마저도 끌어올 수 있을 것 같았다.

골목을 빠져나가 대로를 건넜다. 졸랑구역의 오르막길을 따라 올랐다. 요새 같은 집이 나타났다. 얼핏 거대한 창고처럼 보이기도 하는 하민네 집은 밖에서는 내부가 보이지 않는 구조였다. 이곳을 일반 주택이라고 생각할 수 있는 사람은 많지 않았다.

육 년 전부터 별채에 어머니 작업실을 따로 꾸미는 공사가 진행되고 있었다. 그동안 벽판, 문짝, 몰딩 작업에만 거목 열 그루가 넘는 마호가니 목재가 들어갔다. 과거 마호가니를 공급하던 지역들은 이백오십 년 동안의 벌목으로 고갈 상태에 이르렀다.

한정된 국제 공급량이 줄어들면서 마호가니는 다이아몬드처럼 극도로 귀해졌다. 공사를 시작한 뒤로도 가격이 여섯 배나 뛰었고 구할 수 있는 널판의 크기는 작아졌다. 마호가니는 이제 지구의 마지막 숨구멍이라 불리는 아울 열대우림에서만 구할 수 있었다.

어머니에게는 이삼백 년 된 고가구들이 있었다. 어머니는 이 고가구 컬렉션에 걸맞은 공간을 만들고 싶어 했다. 마룻바닥에 작은 흠집 하나가 발견되면 190평의 바닥을 통째로 뜯어내 교체했다. 쉰일곱 개의 마호가니 문짝이 만들어졌고 장식용 몰딩의 길이만도 27킬로미터에 달했다. 하지만 아직도 공사가 마무리된 건 아니었다. 아울 열대우림에서 나는 색이 검고 밀도 높은 마호가니가 더 필요했다.

하민은 별채를 쓱 쳐다보았다. 별채는 어린 시절부터 일종의 금지된 영역이었다. 평소엔 잠겨 있었고 가끔 어머니를 따라 들어가 보는 게 전부였다. 커다란 문을 열면 밀폐되었던 공기와 어둠이 밀려왔다. 짙은 나무 향이 냉기를 타고 몸을 감쌌다. 하민은 질끈 눈을 감고 나무 향을 깊이 들이마셨다. 천장이 높은 음침한 홀이 어린 하민에겐 마법의 왕국 같았다. 두려움 속에서 하민은 희열을 느꼈다. 경사진 통로를 따라가면 계단이 어둠 속에 드러난 이처럼 가만히 웃고 있었다. 그러나 하민의 왕국은 그날 무너져 버리고 말았다.

웬일로 별채의 문이 열려 있었고, 어린 하민은 보이지 않는 손에 이끌리듯 안으로 들어갔다. 직감적으로 금지된 선을 넘는다는 공포를 느꼈지만 그럴수록 호기심은 강해졌다. 바닥에 깔린 카펫이 공범처럼 하민의 발소리를 흡수했다. 아이는 자신이 뭘 하려는지 알지 못했다. 심장이 쿵쾅댔고 살금살금 걷고 있는 하체에 엄청난 압박이 느껴졌다.

하민은 별채 깊숙이 고가구들이 보관된 방으로 다가갔다. 조심스럽게 문을 여니 반쯤 열린 창으로 새어든 바람에 커튼이 흔들렸다. 깨끗하게 세탁된 흰색 커튼이 서서히 부풀어 올라 바닥에 그림자를 남겼다. 방 한가운데에는 맨손으로는 만지지도 못하던 고가구들이 무방비 상태로 평온하게 놓여 있었다. 접이식 책상이 달린 필기용 수납장, 주방용 탁자, 유리문 아래로 커다란 서랍이 달린 찬장, 수납 공간이 있는 실내용 탁자, 팔걸이가 없는 몇 개의 의자들. 전부 마호가니로 만들어진 정교하고 아름다운 가구들이었다. 가치로 따지면 족히 수백만 프놈에 이르렀다.

아이는 대담하게 안으로 들어가 가구들을 만졌다. 별다른 느낌이 없었다. 어머니가 왜 이런 걸 그토록 끔찍이 아끼는지 이해할 수 없었다. 순간 갈증을 느꼈다. 무심코 호주머니에 손을 넣은 아이는 자두 한 알을 발견했다. 선 자리에서 먹어 치웠다. 씨를 창문 밖으로 던지고 생각 없이 서랍들을 뒤졌다. 실내용 탁자의 서랍 속에 작은 봉투가 들어 있었다. 열어 보니 먹으로 그린 아주 작은 꽃 그림이 나왔다. 하민은 흥미를 느끼지 못하고 도로 넣어 두려다 짧은 비명을 질렀다. 자두 물이 밴 끈끈한 손자국이 봉투와 그림에 얼룩져 있었다. 아이는 당황해 꽃 그림을 구겨 주머니에 넣어 버렸다. 그러곤 쏜살같이 별채를 빠져나왔다. 무릎이 후들거렸고 숨이 턱까지 찼다.

빈 봉투를 다시 서랍에 넣었는지 어쨌는지는 기억나지 않았다. 다만 오랫동안 주머니 속에서 그 작은 그림을 꺼내지 못하고 죄의 증거처럼 가지고 다녔던 것만 떠올랐다. 살갗에 들러붙어 버린 듯한 호주머니, 그 속에서 죽어 가는 나비처럼 바스락거리던 종이의 느낌이 지금도 생생했다.

25시를 맞이해 왕처럼 거리를 달려온 하민은 다시금 옛 기억에 옥죄였다. 황홀한 꿈에서 깨어 현실로 돌아온 거지 소녀처럼 생기를 잃었다. 어머니는 그림이 없어진 걸 아는지 모르는지 그 일을 한 번도 언급하지 않았다. 하민은 무거운 걸음으로 별채를 지나쳤다.

"왔니?"

어머니가 현관에서 하민을 기다리고 있었다. 어머니는 흰색 셔츠에 정장 바지 차림이었다. 허리가 강조된 실루엣이 은은한 실내등에 드러났다. 미묘한 빛과 그림자가 어머니를 아름답게 에워싸고 있었다.

"기분 어떠니?"

"응."

하민은 불쑥 터져 나온 자신의 목소리가 어색하게 느껴졌다.

"애는, '응'이 뭐야? 세상 그 누구도 못 누리던 크로노스 시간 25시를 누리면서."

어머니가 거실 불을 환하게 밝히고 하민을 훑어보았다. 하민의 목덜미가 뻣뻣하게 굳었다. 단정하게 화장한 어머니의 얼굴이 강렬했다. 하민은 심장이 두근거렸다.

언젠가 어머니가 밤늦게 들어와 잠든 하민의 등을 쓰다듬어 준 적이 있다. 슬쩍 잠이 깬 하민은 부드러운 손길에 울음이 터질 뻔했지만 기척을 내지 못했다. 일어서서 나가는 어머니의 등 뒤로 하민이 눈을 떴다. 자기가 꽃 그림을 망쳤다는 걸 고백하고 싶었다. 그러나 냉철한 판단을 요구하는 과도한 업무와 중요한 접대에 찌든 어머니의 그림자가 막아섰다. 문이 닫히고 옅은 향수 냄새가 떠돌았다. 하민은 베개에 얼굴을 파묻고 숨죽여 울었다.

"하민, 지금 네 꼴이 어떤지 알아? 피부도 엉망이고. 제대로 씻기나 하는 거야? 언제까지 거기 있을 작정이야?"

어머니는 번번이 바탕구역의 생활을 정리하라고 성화였다. 하민은 어깨를 으쓱해 보이고 시선을 피했다. 하민은 어머니가 뭐라고 하면 '내가 알아서 해요. 나 어린애 아니에요.' 하는 말을 입에 달고 살았다. 그러면서도 가슴이 쿵쾅거렸다. 별것 아닌 일에도 어머니 앞에 서면 긴장이 되었다. 그럴수록 어머니에게 인정받고 싶은 욕구가 더욱 커졌다.

"이리 와 앉아. 네 기획안으로 만든 광고야. 오늘 완성된 거야."

하민은 약간 얼굴을 붉혔다. 그러나 곧 성취했다는 기쁨에 경쾌해져 야무진 걸음걸이로 어머니를 따라 들어갔다.

어머니가 리모컨을 누르자 입체 영상이 맨바닥에서 솟아올랐다. 어머니와 하민은 소파에 앉았다. 사람들에게 크로노스 시간에 대해 알릴 첫 광고였다.

별일 없는 한가한 날 남자가 거리를 서성인다. 남자는 시간을 보내려고 이런저런 걸 해 보지만 쉽사리 시간이 흐르지 않는다. 남자는 지겨워진다. 그때 매력적인 여자가 바쁘게 뛰어간다. 여자는 동시에 두 군데와 통화를 하며 택시를 잡으려고 애를 쓴다. 택시가 잡히지 않는다. 여자는 전화를 끊고 이십사 시간이 부족하다고 푸념한다. 남자가 여자에게 다가간다. 남자는 택시를 잡아 줄 것처럼 하다가 택시 대신 자신의 남는 한 시간을 건넨다. 줄곧 초조해하던 여자의 표정이 환해진다. 갑자기 여자를 둘러싼 풍경이 아름답게 변하며 모든 게 느긋해진다. 여자는 자신에게 한 시간을 주고 가볍게 웃는 남자를 바라본다. 여자는 사랑에 빠진다.

광고는 누구나 한 번쯤 해 보았을 이런 상상을 실현시키는 것이 크로노스 시간이라고 말한다.

"어때?"

어머니가 흐뭇한 표정으로 하민을 돌아보았다. 광고 기획안이 통과된 뒤로 어머니는 한층 하민에게 신뢰를 보이고 있었다.

"시시한데 그래서 괜찮은 것 같아요. 멜로 영화처럼 달달한 게 친숙하게 느껴지도 하고. 남자 배우의 어수룩하고 순진한 표정도 좋아요."

"어머니도 처음엔 시간 매매라는 하이테크놀로지를 너무 단순하게 다루는 게 아닌가 우려했는데 광고 나온 거 보니 잘했다 싶어. 익숙해질 때까지는 시간 매매에 대한 불안과 거부감이 클 테니 말이야."

가까이서 보니 어머니의 얼굴이 피곤으로 굳어 있었다. 어머니는 뛰어난 체력의 소유자로 좀처럼 지치지 않았다. 그러나 지금은 야윈 데다 뺨이 움푹 꺼져 있었다. 고집스러워 보이는 툭 튀어나온 두 눈은 초점이 맞지 않았다.

"어머니, 잠은? 잠은 좀 주무세요?"

"자야 하는데 제품 출시일 받아 놓고 나니까 도통 잠이 안 오네. 카이로스 사에서도 시간 매매를 준비하고 있지만 얼마 전에 심각한 결함이 발견된 모양이더라고. 덕분에 시장은 보기 좋게 우리가 선점하게 됐어. 왜? 눈 또 충혈됐니?"

"새빨개요."

"어휴, 눈에는 잠이 보약이라는데 잘 수가 있어야지. 그건 그렇고, 전에 네가 말한 주루라는 애, 크로노스 시간에서 실재 시간으로 그냥 넘어왔다고 했지."

"네."

"정밀 조사 해 보니 그때 문제가 있긴 있었어. 주루란 애가 너한테 접근할 때 실재 시간과 크로노스 시간 사이의 경계에 혼란이 왔더라고. 정확한 원인은 모르고. 그래서 만 개의 가설을 세운 뒤 추려 내고 추려 내 이백 개를 남겨서 얼마 전까지 전부 점검했어."

"정확한 원인을 모른다고요?"

"그거야 어쩔 수 없어. 기술이 정교해질수록 오류가 발생했을 때 정확한 원인은 찾아내기 힘들어."

"그럼 왜 그랬는지도 모르면서 문제가 해결됐다는 거예요?"

"100퍼센트라고 할 수는 없지만 그런 셈이지."

"왜 완벽하게 안 해요?"

"그게 시스템의 한계야. 수많은 동기와 욕구로 조직된 시스템 속에서 완벽이란 건 없어. 완벽에 가까운 것을 추구할 뿐이지."

어머니가 얼굴을 찡그리며 눈을 감았다.

"속 썩였던 유랑구역의 숲, 지난 주로 정리 끝냈어."

"그렇게 외곽에 있는 숲까지 밀어서 인공 정원으로 만들어야 돼요?"

"무슨 소리야? 아직도 이해 못 했어? 너 집에서 밥 먹을 때랑 호텔 라운지에서 저녁 먹을 때 한 시간이 똑같이 느껴져?"

"집에서는 지겨운데 호텔에선 언제 시간이 흘렀는지 모르게 짧아요."

"그렇지. 시간은 환경에 따라 달라지는 거야. 그러니 시간을 객관화시키려면 자연히 장소도 객관화시켜야지. 도시의 생활 공간들이야 체감 시간에 좀 차이가 난다 해도 개량해서 평균적으로 맞출 수가 있어. 근데 야생 숲은 통제가 안 돼. 우리 기술로 그곳의 시간을 얼마나 정제해 낼 수 있는지 확실치가 않아. 물론 그런 버려진 숲에 갈 일이야 없겠지만 조심하는 거지. 그런 시간이 섞여 들면 어떤 일이 벌어질지 아무도 모르니까. 쓸모없는 숲을 아름다운 인공 정원으로 만들어 줬다고 유랑구역에서도 환영하고 있어. 회사 이미지도 좋아졌어."

하민은 어머니의 얘기를 신중하게 들었다.

"어머니, 하랑은?"

하민이 냉장고에서 해양 심층수로 만든 물을 꺼내 마시며 물었다. 500밀리리터에 18프놈이나 하는 고급 생수였다. 하민이 처음 바탕구역에 갔을 때 가장 적응하기 힘든 게 물이었다. 수도장에서 물을 받아다 정수 알약을 넣고 끓여 마셔도 마음이 놓이지 않았다.

"하랑?"

"오랜만에 보고 싶은데…… 방에서 자요?"

"얘는, 하랑은 여기 없지. 걔한텐 아직 25시 안 췄어."

"아, 맞다. 깜박했네."

"기분이 이상하지 않아? 우리 막내가 이 시간에는 존재하지 않는다는 게?"

"갑자기 슬퍼져요."

"이런 게 바로 특권이라는 거야. 모두 다 똑같이 누린다면 뭐가 특별하겠니? 넌 지금 왕보다 더한 특권을 가진 거야. 지구상에 존재하지 않았던 크로노스 시간을 가졌잖아. 하랑이 요즘 25시 달라고 난리야. 크로노스 시간이 상용화되면 자기 생일파티도 25시에 열어 달라고 조르고. 일부러 뜸을 들이고 있어. 특권이 어떤 건지 제대로 맛보게 해 주려고."

어머니가 기분 좋게 웃었다. 하민은 덜컥 가슴이 내려앉았다. 하민은 어머니의 그런 얼굴을 사랑했다. 딱딱하고 강인했던 표정이 풀어지며 광채가 흘러넘쳤다. 물결치는 듯한 웃음이 하민의 가슴을 파고들었다.

"곧 돌아갈 시간이네."

어머니가 시계를 들여다보았다. 25시 59분이었다.

"바탕구역 생활 하루빨리 정리해."

하민은 무표정한 얼굴로 어깨를 으쓱해 보였다.

"거기 애들이랑 어울린다고 너까지 싸구려 음식 사 먹지 말고. 알았지?"

어머니가 다급하게 말했다. 하민은 고개를 끄덕였다. 잠시 뒤 아무런 진동도 미열도 없이 하민이 사라졌다. 25시가 끝나고 0시가 되었다. 어머니는 하민이 사라진 거실을 먹먹히 바라보았다. 잠들어 있는 하랑의 숨소리가 저 너머에서 조금씩 들려왔다.

06

잠자리 조각

주루는 돈을 모아 보증금 없는 셋방을 구했다. 처음엔 번 돈을 친구들과 나누었지만 하민이 단호하게 막았다. 하민은 하루라도 빨리 옥상에서 독립해 나가라고 주루를 떠밀었다. 주루는 방을 얻고 초라하지만 필요한 몇 가지 세간을 마련했다. 지하 방이라 해가 들지 않고 습했다. 그래도 사방이 벽으로 둘러싸인 엄연한 방이었다. 떨어져 나간 서랍장의 손잡이는 하민이 달아 주었고 향나무로 만든 앉은뱅이책상은 도치가 구해 왔다. 주루는 11프 놈 주고 산 해진 광목 이불을 며칠간 공들여 꿰맸다.

주루는 여러 번 하민에게 셋방에서 같이 지내자고 말했다. 매일 8프놈씩 내야 하는 옥상보다 한 달에 200프놈 하는 지하 방이 더 쌌다. 잠깐이면 몰라도 계속 지내기에 옥상은 아무래도 불편했다. 특히 비가 올 때면 끔찍했다. 비 오는 날이면 하민은 그 라운드시트를 뒤집어쓰고 눈을 부릅뜨고 버텼다. 마치 앙상한 나뭇가지에 앉아 장맛비를 맞고 있는 새처럼 처량한 모습이었다. 그래도 하민은 옥상을 떠나려 들지 않았다. 최근엔 지팡이마저 거의 팔리지 않았다. 다들 하민이 그렇게 불규칙적이고 적은 수입으로 어떻게 생활을 해 나가는지 의아해했다.

주루는 날씨만 흐리면 하민에게 자기네 집으로 가자고 졸랐다.

"봐, 구름이 점점 두터워지고 있어. 저녁때가 되면 비구름으로 변할 거야. 수직도시 쪽으로는 태양 광선이 벌써 막혔잖아. 저 시커먼 구름이 비층구름으로 변하면 그 아래로 검은 아치구름까지 생길 거야."

주루는 구름을 잘 알았다. 구름만 보고도 날씨를 척척 예측했다. 하민도 걱정스럽게 하늘을 올려다보았다. 잿빛 하늘이 무겁게 시야를 가로막았다.

"우리 집에 가자. 비 오는 동안만이라도 우리 집에 있자."

"정 힘들어지면 그럴게. 아직은 아니야. 그나저나 지팡이가 왜 이렇게 안 팔리지? 내 솜씨가 별로인가? 내 눈에는 괜찮아 보이는데. 게다가 원하면 이름까지 새겨 주잖아. 너 이름 새겨진 지팡이 본 적 있어?"

주루가 고개를 가로저었다.

"거봐, 정말 좋은 지팡이인데 왜 아무도 안 사지? 지팡이 말고 다른 걸 만들어야 되나? 뭔가…… 작고 복잡한 걸 만들어 볼까?"

하민이 주먹밥을 크게 베어 물었다. 시장에서 산 주먹밥은 주로 점심 메뉴로 하루 중 가장 든든한 식사거리였다.

"작고 복잡한 거? 혹시 잠자리 같은 것도 만들 수 있어?"

주루가 주먹밥을 우걱우걱 씹다 말고 물었다.

"잠자리? 해 본 적은 없는데……."

"호랑이 같은 줄무늬가 있는 노란측범잠자리야."

주루가 눈을 빛내며 빠르게 덧붙였다.

"그래? 자세히 말해 봐."

"그게 말이지, 어떻게 생겼냐 하면……."

활기차던 주루의 얼굴이 멍해졌다. 미간을 찌푸리고 입술을 깨물었지만 도통 생각이 나지 않는 눈치였다.

"……설명을 못 하겠어. 내일 내가 그림으로 그려서 갖다 줄게."

"좋아, 시간 날 때 만들어 보지 뭐. 괜찮다 싶으면 내다 팔기도 하고."

하민이 손가락에 묻은 밥풀을 싹싹 떼어 먹었다.

주루는 잠자리를 그려 보려고 며칠을 끙끙댔다. 손에 잡힐 듯 선명하다가도 막상 그리려 하면 물에 비친 환영처럼 흩어졌다.

주루는 불을 켜 놓고 밤새 앉아 있었다. 그러다 다른 것들만 잔뜩 그려 놓았다.

하민은 기다리다 못해 말로 설명해 보라고 했다. 그러나 주루는 줄무늬가 있다는 것 말고는 제대로 된 설명을 하지 못했다.

"아무 잠자리나 보고 만들면 안 돼? 어차피 내 솜씨가 그냥저냥이라서 네 그림을 보고 만들든 다른 잠자리를 보고 만들든 별 차이 없을 것 같은데."

"안 돼. 그렇게 되면 난 내 잠자리를 영영 잃고 말 거야."

"그건 주루 말이 맞아. 내가 엄마 얼굴 보고 싶다고 중년 부인 사진 아무거나 가지고 다닐 수는 없잖아."

주루와 하민의 대화를 듣고 있던 도치가 끼어들었다.

"넌 무슨 말만 하면 엄마, 엄마더라. 언제까지 어린애처럼 엄마 타령만 할래?"

하민이 핀잔을 줬다.

"지팡이가 안 팔려서 그래. 하민은 자존심이 세거든. 자꾸 도움받는 게 불편한 거야."

광장에서 돌아오는 길에 도치가 언짢은 기색도 없이 주루에게 살짝 속삭였다.

며칠째 날씨가 좋지 않았다. 대기에는 무슨 일이든 벌어질 것 같은 촉박함이 감돌았다. 땅에서 솟아오른 돌개바람에 한번씩 좌판이 엉망이 되었다. 도치의 축구공은 날아갔고 먼지바람 때문에 주루는 입을 벌리기도 어려웠다. 하민의 지팡이가 달그락대는 소리는 특히 음산했다. 이내 안개가 깔려 길이 사라지는가 하면 두터운 구름이 하늘을 덮어 어두워졌다. 불시에 비를 뿌리기도 했다. 마치 꿈속 풍경 같았다.

"날씨가 왜 이래? 꼭 세상이 뒤집어질 것 같아."

하민이 비닐로 덮어 놓았던 지팡이들을 힘겹게 그러모아 묶으며 투덜댔다. 아이들은 일찍 자리를 접고 헤어졌다.

주루와 도치는 기름에 튀긴 빵으로 간단히 끼니를 해결하고 주루의 방에서 함께 저녁 시간을 보냈다. 도치는 키가 작고 잘생긴 얼굴에 주의 깊은 갈색 눈동자를 가지고 있었다.

"네가 잠자리 그림을 못 그리는 건 그리움 때문이야."

무료하게 주루의 그림들을 들춰 보던 도치가 불쑥 말했다.

"그리움?"

"그리움은 우리 마음속에 있는 게 아니야. 그건 지구 너머 있는 별 속에 들어 있어. 그런데도 그리움이 마음속에 있는 것처럼 느껴지는 건 반짝이는 별을 너무 많이 올려다봐서 그래."

주루는 도치의 공을 배에 얹고 누워 천장을 보고 있었다. 천장 한 모퉁이의 벽지가 스며든 빗물에 얼룩져 붕 떠 있었다.

"그리워하는 건 우리가 아니라 별의 일이야. 네가 잠자리를 그리워한다고 생각한 때도 사실은 별이 너를 그리워하고 있는 거야. 네 마음이 거울처럼 별의 그리움으로 가득 차서 착각할 뿐이야. 그러니 잠자리를 제대로 떠올릴 수가 없는 거야."

"그럼 어떻게 해야 해?"

"별의 그리움을 네 마음에 투영하지 말아야지. 그리움을 멈춘 채 잠자리를 생각해야 돼."

"하지만…… 그리운걸."

주루의 목소리가 살짝 떨렸다.

"그렇다면 어쩔 수 없지. 별은 엄청나게 멀리 있고 그리워하는 건 별의 일이니까."

도치가 모로 누운 자세를 조금도 흐뜨리지 않고 말했다.

"너도 그런 적 있어?"

"사람이 죽으면 별이 된대. 할머니가 그랬어. 아마 우리 엄마랑 할머니도 별이 되었을 거야. 나를 그리워하겠지. 매일매일 저 멀리서 나를 내려다보고 있겠지. 지구가 다 덮일 만큼 나를 그리워하고 있겠지. 그래서 나는 그립지 않아. 예전에는 나도 그리움 때문에 엄마 얼굴도 할머니 얼굴도 하나도 생각 안 나고 눈물만 났었거든."

도치의 입술에 가늘고 조용한 미소가 스쳤다.

도치가 돌아가고 나서 주루는 찬물로 팔다리를 씻고 자리에 누웠다. 방 안에 퀴퀴한 곰팡이 냄새가 떠돌고 있었다. 주루는 멍하니 손톱으로 얼굴을 긁다 잠이 들었다.

잠시 뒤 주루는 소스라치게 놀라며 잠을 깼다. 허둥대며 일어나 불을 켜고 속옷 바람으로 서성였다. 몸에는 열이 있었고 얼굴은 눈물에 젖어 있었다. 꿈을 꾼 듯했지만 기억나지 않았다. 방안의 작은 가구들이 우둔해 보였다. 마음을 달래 줄 다정한 것이라곤 보이지 않았다. 주루의 몸속에 이유 없는 슬픔이 차올랐다.

무심코 올려다본 창문 방충망에 사마귀가 붙어 있었다. 사마귀 중 가장 작은 좀사마귀였다. 아마도 오랫동안 그곳에 있었던 듯했다.

"거기서 뭐 하고 있어?"

주루가 좀사마귀에게 물었다.

"네 방을 들여다보고 있어."

"여긴 아무것도 없어."

좀사마귀가 앞다리를 살짝 흔들었다.

"내 방에 뭔가 마음에 드는 게 있니?"

"있어."

좀사마귀가 말했다.

"그게 뭐야? 네 마음에 드는 게 내 마음에도 들면 좋겠어."

"네 목숨."

"뭐라고?"

"네 목숨을 들여다보고 있어."

"어째서?"

"며칠 전에 숲에서 잠자리를 사냥했어. 그 잠자리가 죽기 전에 부탁했어. 널 찾아가 달라고."

"잠자리가…… 죽었어?"

주루의 목소리가 떨렸다.

"응. 내가 먹었어. 불룩한 눈부터 바삭바삭 씹었어. 날개는 약간 비렸지만 몸통은 고소했어. 내가 오래 굶주리지 않았다면 품위 있는 식사를 했을 거야. 하지만 급했어. 허겁지겁 먹었어."

눈물이 주르륵 흘러내렸다. 주루의 내부에서 뭔가가 끊어졌다.

"많이 고통스러워했어? 겁이 많은데…… 무서웠을 텐데……."

"바들바들 떨고 있었어. 그러다 갑자기 널 찾아가 달라고 부탁했어. 내가 그러겠다고 하니까 세 쌍의 다리를 더는 떨지 않더군. 공포가 진정되고 슬픔은 그 이상 퍼지지 않았어."

좀사마귀가 몸을 가볍게 위아래로 흔들었다. 잠자리가 날아다니던 시간이 정지했다. 주루의 몸속에서도 정지했다.

주루는 엎드린 채 잠이 들었다. 새벽 5시경 허리가 끊어질 듯 아프고 얼굴을 괴고 자던 팔이 저려 잠에서 깼다. 좀사마귀는 가고 없었다. 주루는 묵은 먼지로 새카만 방충망을 바라보다 서둘러 옷을 입고 밖으로 나갔다.

악취 풍기는 골목에서 어슬렁대던 고양이들이 주루의 발소리에 흩어졌다. 밤새 소용돌이치던 어둠이 빠지고 거리엔 발목 정도의 어둠만 남아 있었다. 사람들의 꿈이 얕은 물에 갇힌 물고기처럼 팔딱댔다. 창문을 열어 놓은 허름한 집에서 미지근한 잠꼬대와 달짝지근한 침 냄새, 뒤척이는 이불 속 온기가 새어 나왔다. 주루의 발소리가 포석 위로 크게 울렸다.

주루는 헐떡이며 수직도시에 도착했다. 어느덧 목덜미는 젖어 있었고 두 팔은 걷어붙인 채였다. 도치는 수직도시에 살고 있었다. 안으로 들어서자 주루의 머리 위로 복잡하게 얽힌 고가들과 수많은 집들, 다리와 계단, 엘리베이터가 어지럽게 보였다. 회전관람차같이 생긴 거대한 원반형 기계가 각 층마다 필요한 물자를 실어 날랐다. 주루는 입구에서 도치네 집 호수를 누르고 나팔같이 생긴 금속관으로 미끄러져 나온 출입증을 받았다. 그러곤 철망으로 된 문을 열고 옆에 서 있던 젊은 여자와 함께 엘리베이터를 탔다. 여자는 소맷부리가 더러운 옷을 입고 표정 없이 서 있었다. 주루는 중간층에서 내리고 여자는 계속 올라갔다.

주루는 이번에는 계단을 뛰어 증기로 움직이는 주철 기둥에 매달린 배에 탔다. 배는 아래쪽으로 증기를 뿜으며 두 번쯤 방향을 꺾어 위로 올라갔다. 도치는 포개진 17층에 살았다. '포개진'이란 한 층을 2등분해 아래층은 작업장, 위층은 침실로 쓸 수 있게 만든 구조를 말했다. 증기 배에서 내려 바로 포개진 17층으로 갈 수는 없었다. 복도 끝에 따로 연결된 지저분한 층계를 다시 올라야 했다.

주루는 왼쪽에 있는 긴 복도로 들어섰다. 줄지어 늘어선 문들은 대개 닫혀 있었지만 신문팔이 청년의 방과 가면장이 노인의 방은 열려 있었다. 스무 살 된 청년은 팔리 어로 쓰인 신문을 500시렁을 받고 팔았다. 이 일대에 팔리 어를 아는 사람은 한 명도 없었고 청년도 팔리 어를 몰랐다. 그래도 청년은 남방불교계의 학승이 편찬하는 이 신문을 진심으로 신뢰했다.

"읽지 못해도 상관없어. 중요한 건 여기 어딘가에 우리의 미래에 관한 기사가 쓰여 있다는 거야. 시간을 초월하면 아직 알려지지 않은 것과 이미 알려진 것 사이의 거리가 없어져. 시간의 속박 속에선 알려지지 않은 시간이 미래로 보이겠지만 시간을 초월하면 과거, 현재, 미래는 연쇄적이지 않고 동시에 존재해. 그러니 미래는 지금 여기에 있어. 바로 그 미래가 이 신문에 실려 있고. 놀랍지 않아? 이 오래된 문자가 우리의 미래를 꿰고 있다니까. 읽지 못해도 실제로 여기 다 있다고."

청년이 신문을 가리켜 보이며 말했었다.

"팔리 어 신문은 내일이면 가치가 없어지는 뉴스나 전하는 신문이 아니야. 매일매일 이뤄지는 주문이야. 네 미래가 보이는 주문, 그게 단돈 500시렁이야. 이건 정말 대단한 거야. 자, 너도 한 부 사 봐. 보기 시작하면 하루도 빼놓지 않고 사게 될걸?"

주루는 청년의 말대로 500시렁을 주고 팔리 어 신문을 샀다. 청년의 신문은 잘 팔렸다. 사람들은 돋보기를 쓰고 신문 어딘가에 쓰여 있는 자신의 미래를 신중하게 들여다보았다.

청년은 오늘 팔 신문을 정리하느라 주루를 보지 못했다. 그러나 가면장이 노인은 주루를 보고 아는 척을 했다. 노인은 가면을 쓰고 자주 주루에게 말을 걸곤 했다. 하루는 주루가 왜 가면을 쓰고 있느냐고 묻자 "내 생일이라 웃고 싶은데 웃을 힘이 없구나. 그래서 웃는 가면을 쓰고 있는 거란다." 하고 말했다. 그러고 나서 주루에게 웃어 보라고 했다. 그래야 마주 보고 있는 가면의 웃는 얼굴이 정말로 즐거워 보일 테니까.

오늘은 코가 뚫려 있지 않은 가면을 쓰고 있어 입으로 숨을 쉬어야 했기 때문에 노인은 아무 말도 하지 않았다. 주루는 노인의 방을 지나쳐 도치의 방문을 두드렸다. 도치가 문을 열었다. 주루가 출입증을 받는 순간 도치의 방으로 주루의 방문을 알리는 확인서가 전달되었다. 도치는 눈을 비비며 일어나 앉아 주루를 기다리고 있었다. 도치의 방에는 여러 용도로 쓰이는 배관들이 몇 개씩 연결되어 있었다. 철제 책상에는 유리병과 이상한 모양의 깡통이 놓여 있었다.

"무슨 일이야?"

"노래를 할게. 내 노래를 듣고 네가 잠자리를 그려 줘."

주루가 말했다.

"에이, 무슨? 나보고 그리라고?"

"부탁해."

순간 도치는 주루의 핏기 없는 목소리에 놀랐다. 자세히 보니 주루는 기진맥진한 채 몸을 떨고 있었다. 눈은 반짝였지만 숨결은 거칠었다. 도치는 한마디도 더 묻기가 어려웠다.

도치가 회색 배관에서 레버를 당겨 뜨거운 물을 받았다. 그러나 주루는 마시지 않았다. 주루가 침실로 이어지는 사다리에 기대서서 노래하기 시작했다. 도치는 어쩔 줄 모르겠다는 표정으로 의자에 어정쩡하게 걸터앉았다.

세상 끝에 다다른 노래 속에서 송이송이 꽃이 시들고 별이 졌다. 썩은 가랑잎 냄새 같은 싸한 냄새가 끼쳤다. 도치는 뜨거운 물을 조금씩 마셨다. 문득 자신의 내면이 노래에 응답하듯 진동하는 걸 느꼈다. 마음이 찢어지는 듯 서글프게 뭔가가 깨어났다. 도치는 줄이 쳐진 공책을 찢어내 그림을 그렸다.

노래가 끝났다. 주루는 투박하고 형편없는 도치의 그림을 말없이 바라보았다.

"이제 됐어. 고마워."

주루가 그림을 들고 나갔다. 방에 혼자 남은 도치는 마음속에 정지해 있던 어떤 시간 하나가 태엽에 감겨 돌아가는 소리를 듣고 있었다.

주루는 수직도시를 빠져나가 하민을 찾아갔다. 하민네 집에 가는 동안 해가 떠올랐다. 수직도시의 창문들이 일제히 해를 반사해 바탕구역에 수천 개의 해가 떠올랐다. 주루는 그 강렬한 햇살을 등지고 걸었다.

하민은 주루가 철제 계단을 올라오기 전부터 아래를 향해 소리를 질러 댔다.

"이렇게 일찍 무슨 일이야?"

주인 할아버지가 누가 아침부터 꽥꽥거리냐고 화를 냈지만 하민은 개의치 않았다.

"뭐야? 이렇게 일찍, 왜?"

주루가 올라오자마자 하민이 물었다. 주루는 그림을 내밀었다.

"이게 뭔데?"

"잠자리."

"설마…… 진짜 이런 걸 만들어 달라고?"

주루가 고개를 끄덕였다.

"만들 수는 있겠는데……. 이게 정말 잠자리야? 아무리 봐도 전혀 잠자리 같지 않아. 그래도 만들어 달라는 거지?"

"응."

하민은 그러겠다고 했다.

주루는 방으로 돌아와 그대로 쓰러졌다. 이틀 뒤 하민이 잠자리 조각을 가지고 찾아올 때까지 일어나지 못했다.

07

따라다니는 아이

광장에서 노래를 마치고 주루는 장승 앞으로 갔다. 장승에는
'나 왔다 감' '왼쪽을 보시오' '바보, 여기가 왼쪽이냐?' '효안 뿅
뿅 핍' '너 안 옴' '오면 죽는다' 같은 시시한 낙서가 빼곡히 박혀
있었다. 지는 해에 장승의 그림자가 길게 늘어졌다. 주루는 일이
끝나면 친구들과 이곳에서 만났다.

"돈 많이 벌었어? 난 지팡이 다섯 자루나 팔았어. 운수대통이
지."

하민이 멀리서 지팡이 더미를 지고 기분 좋게 소리치며 다가왔
다. 한 달 전부터 주루는 분수대 쪽으로 자리를 옮겨 하민과 떨
어져 있었다.

"너 두방이라는 이름 들어 본 적 있어? 웃기지? 오늘 지팡이 사 간 할머니 이름이 두방인 거 있지. 나 그거 새기면서 웃음 참느라 혼났어. 내 주먹 한 방 받아 볼래? 아니면 두 방?"

하민이 주먹을 쥐고 장난을 쳤다.

"근데 네 뒤에 있는 꼬마는 누구야?"

하민의 손가락을 따라 주루가 뒤를 돌아보았다. 얼마나 오랫동안 씻지 않았는지 새카맣게 더러운 아이가 주루 뒤에 바싹 붙어 있었다.

"어? 글쎄."

처음 보는 아이였다. 키가 작고 바싹 마른 얼굴이 갸름했다. 주루가 바라보자 아이의 입술이 반쯤 벌어지면서 새하얗고 조그만 치아가 드러났다.

"넌 누구야?"

주루가 묻자 아이가 겁먹은 표정으로 고개를 가로저었다.

"야, 꼬마야, 말해 봐. 너 이름이 뭐야? 부모님은 어디 계셔?"

하민이 다그쳐 물었다. 아이는 몸을 크게 떨고는 주루의 뒤춤으로 숨어 버렸다. 주루가 아이를 보려고 몸을 돌리면 아이도 따라 돌았다. 하민은 억지로 아이를 떼어 내려다 슬리퍼만 신은 아이의 발이 상처투성이인 것을 보고 그만두었다. 도치는 조금 늦게 왔다.

아이는 먹을 것을 사다 내밀어도 요지부동이었다. 다정하게 꾀어도 소용없었다. 도치가 아이를 잡고 몇 번이고 말을 붙였지만 아이는 시선을 떨어뜨린 채 작은 주먹만 불끈 쥐고 있었다. 주루가 주저앉자 아이가 소년의 등에 얼굴을 파묻었다. 주루는 아이의 체온에 뭉클해졌다. 날이 점점 어두워져 일단은 주루가 아이를 데려가기로 했다.

집에 와서도 아이는 입을 다물고 있었다. 하지만 말은 고분고분 잘 들었다. 주루는 물을 데워 아이를 씻겼다. 옷을 벗겨 보니 섬뜩할 정도로 몸에 상처가 많았다. 피가 굳어 겨우 딱지가 앉은 상처에 물이 닿을 때마다 아이는 움찔거렸지만 아픈 내색은 하지 않았다. 주루는 조심스럽게 스펀지로 아이의 몸을 닦아 냈다. 아이의 옷은 더러워 다시 입힐 수가 없었다. 주루는 자기 옷을 꺼내 입혔다. 커서 흘러내리는 어깨는 옷핀을 찔러 고정했다. 아이와 마주 앉아 머리를 수건으로 털어 주었다. 아이의 무릎이 주루의 무릎과 맞닿았다. 주루는 아이의 상처를 건드릴까 봐 슬쩍 무릎을 뒤로 뺐지만 아이는 그러지 않았다. 아이는 감격한 듯 주루를 끌어안았고 주루의 몸에 머리를 기대 왔다.

저녁을 먹고 주루는 꾸벅꾸벅 조는 아이를 눕혔다. 주루가 정리를 마치고 불을 끄려 하자 갑자기 아이가 눈을 말똥말똥 떴다. 그러곤 횡설수설 떠들어 대기 시작했다. 자기가 누구인지 무슨 일이 있었는지 아이가 흥분해 말했다. 아이의 말은 빨랐고 약간 탁한 목소리로 속삭이는가 하면 소리를 질러 대기도 했다. 주루는 처음엔 거의 알아듣지 못했다. 얘기를 하는 아이의 얼굴 위로 증오심이 스쳤고 눈동자가 어두워졌다. 그러면서도 어린애다운 쾌활함과 순진무구함이 순간순간 반짝였다. 주루는 아이의 사정을 알게 되었다.

한순간 아이가 믿을 수 없이 빠르게 잠들었다. 가늘게 코를 고는 아이의 속눈썹에 눈물방울이 매달려 있었다. 주루는 아이의 주먹 쥔 작은 손을 끌어다 자기 손으로 감쌌다. 손바닥 안에서 느껴지는 미세한 움직임에 마음이 떨렸다. 주루는 이 순간 자기가 아이에게 세상의 전부가 되었다고 느꼈다.

다음 날 주루가 친구들에게 말했다.

"그 아이 내가 키우려고."

"으악, 말도 안 돼."

하민과 도치가 동시에 소리쳤다.

"어젯밤에 얘기해 봤는데 부모님이 안 계시대. 나이는 여덟 살인 것 같지만 정확한 건 아니고. 어려서부터 여기저기 떠돌아다녔나 봐. 새끼 고양이를 분양하듯 사람들이 아이를 이 집에서 저 집으로 보내곤 했대."

"어린애가 장난감도 아니고."

하민이 눈살을 찌푸렸다.

"가는 데마다 다르게 불려서 진짜 이름은 모르고 얼마 전까지는 막둥이라고 불렸대. 내가 그건 이름이 아니라고 했더니 자기도 그게 좀 이상했대. 왜냐하면 그 집에는 아이가 자기 하나뿐이었는데 엄마는 늘 '막둥아, 너도 형처럼 해야지.' '형 하는 것 좀 잘 보고 배워.' 하고 말했다는 거야. 아이가 생각나는 대로 자기 이름을 열 개쯤 말했는데, 앞으론 주연이라 부르기로 했어."

"사정이 딱한 건 알겠어. 그런데 우리 처지에 무슨 어린애야? 고아원에 데려다 주는 게 낫지 않을까? 국립이나 공립은 거의 문 닫았지만 사립 고아원은 좀 남아 있잖아."

도치가 감정을 억누르며 신중하게 말했다. 주루가 침을 삼키고 말을 이었다.

"주연은 한집에서 육 개월 이상 살아 본 적이 없대. 처음엔 잘 해 주다가도 얼마쯤 지나면 주연을 싫어했대. 주연 생각엔 어른들이 자기에 대한 걱정을 너무 많이 해서 그런 것 같대. 어른들은 주연이 상처를 많이 받았기 때문에 언제든 삐뚤어지거나 머리가 이상해지거나 복수를 할 수도 있다고 생각한다는 거야. 주연은 그럴 생각이 없는데 어른들이 심각하게 걱정을 하니깐 나중에는 어떻게 될지 자기도 모르겠대."

주루가 잠시 말을 멈췄다. 감정이 북받쳐 다시 말을 꺼냈을 때는 목소리가 눈에 띄게 떨렸다.

"마지막 집의 엄마는 늘 좋은 냄새를 풍기는 미인이었대. 그 집의 타일 바닥은 빛났고 꽃병에는 매일 새 꽃을 꽂았대. 주연은 하루에 두 번씩 목욕을 하고 옷도 서너 번씩 갈아입었대. '우리 막둥이도 형처럼 피부가 하얗네. 어머, 형 옷이 꼭 맞기도 하지.' 엄마는 옷을 입혀 줄 때마다 감탄했대. 그래서 주연은 엄마가 자기를 좋아한다고 생각했대. 형처럼 하라는 이상한 잔소리를 할 때도 많았지만 그런 건 괜찮았대. 그 집에서 지낸 지 두 달쯤 되던 날이었대. 아침에 식사를 하다가 갑자기 엄마가 비명을 질렀대. 주연은 입가에 음식이 묻었나 싶어 얼른 냅킨을 뽑아 입을 가렸대. 그런데 엄마가 주연이 코를 가리키면서 '점! 점!' 하고 소리치더래. 자세히 보면 주연의 코 왼쪽에 점이 있거든. 아마 그걸 본 모양이야. '더러워, 부패했어. 저 아이를 내다 버려.' 하며 엄마가 화를 냈대."

"그 엄마 미친 거 아니야?"

하민이 말했다.

"아빠가 일을 하러 나가면 엄마가 주연을 때리기 시작했대. 아빠만 집에 없으면 계속 때렸대. 아빠는 주연이 심하게 맞은 걸 알고 엄마에게 화를 냈지만 소용없었대. 알고 보니까 그들 부부에게는 주연보다 큰 아이가 있었대. 아이는 불행히도 열한 살을 넘기지 못하고 죽었대. 그 후부터 엄마는 아이의 몸이 땅속에서 썩어 갈 것을 생각하다 히스테리를 일으키곤 했대. 아빠는 엄마의 상태가 점점 심해지자 결국 나흘 전 주연을 차에 태우고 와서 이 부근에 버린 모양이야. 주연은 자기를 버리려 한다는 걸 알았기 때문에 옷을 안 입으려 버텼지만 아빠가 강제로 옷을 입혔대. 그래도 신발은 끝까지 고집을 피워 운동화 대신 슬리퍼를 신었대.
그러면 잠깐 밖에 나온 사람 같으니까. 그러고 있으면 아빠가 차
를 돌려 다시 올지도 모르니까. 그렇게 버려진 곳에서 꼬박 사흘
을 기다린 거야. 어제서야 포기하고 헤매 다니다 로터리 광장에
오게 된 거고."

주루의 말이 끝나자 무거운 침묵이 감돌았다.

"어떻게 그런 짓을 해."

흥분한 하민의 목소리가 뒤집혔다.

"난 요즘 수입이 안정적이야. 너희도 알잖아. 내가 키울 수 있
어. 주연이 나를 좋아해. 우리도 이렇게 살고 있잖아. 어리긴 하
지만 주연이라고 못 할 거 없어. 하민이 크룽에 처음 온 나를 돌
봐 주었듯이 내가 주연을 돌봐 주면 돼. 나 할 수 있어."

주루가 말했다. 하민과 도치는 된다고 했다가 안 된다고 했다
가 다시 된다고 했다가 결국은 머릿속이 복잡해져 더는 뭐라고
말하지 못했다.

주루는 이제 주연을 위해 노래했다. 전에는 상자에 담기는 돈
이 하루치의 먹을 것과 잠잘 것 이상은 별 의미가 없었지만 이젠
달랐다. 주루는 광장에서 노래하는 게 예전만큼 괴롭지 않았다.
주루는 더 긴 시간 노래했다. 돈만 준다면 같은 부분을 열 번이
고 스무 번이고 반복해 불렀고 보다 까다로운 요구에도 응했다.
주루는 헌옷이긴 해도 면이 좋은 옷을 사다 해진 부분을 기우고

단추를 다시 튼튼하게 달았다. 어떤 것은 주연 몸에 좀 컸지만 그래도 계절에 맞는 옷이었다. 주루는 자기가 번 돈으로 주연에게 뭔가를 해 줄 수 있는 게 기뻤다.

주루는 그동안 꼬박 모았던 돈으로 주연을 학교에 보내기로 했다. 바탕구역에는 학교가 없어 졸랑구역에 있는 학교에 어렵사리 보냈다. 다행히 졸랑구역의 학교는 사설 학원화되어 보증금과 입학금만 내면 별다른 서류 없이 입학이 가능했다. 바탕구역은 방치되고 있었다. 학교는 폐쇄되었고 병원, 공장, 체육관, 도서관, 각종 보육 시설이 있던 자리는 폐허로 변한 지 오래였다. 국가의 틀이 희미해지고 세계가 도시 중심으로 발전하면서 공공의 개념이 무너지고 있었다.

도치는 주루가 무리해 가며 주연을 학교에 보내는 걸 못마땅하게 여겼다.

"부잣집 애들 속에서 주연더러 어떻게 적응하라는 거야? 학교에 다니지 않아도 배울 수 있는 방법은 얼마든지 있어."

"나도 알아. 하지만 주연이 가고 싶어 해. 집에서도 공부할 수 있다고 그게 훨씬 재미있을 거라고 아무리 얘기해도 소용없어. 마지막에 있던 집에서 그곳 엄마에게 학교 얘기를 귀에 못이 박이게 들은 모양이야. 여덟 살이 되면 누구나 학교에 가는 거라고 주연은 철석같이 믿고 있어. 그 집에서 쫓겨나지 않았다면 여름 학기부터 학교에 다니기로 되어 있었나 봐. 가방, 공책, 연필도 죄

준비해 놨었대."

"그래서? 주연이 원하면 뭐든지 해 주려고?"

"이건 그냥 학교잖아."

주루가 자신 없이 말했다.

"낮에 주연 혼자 계속 집에 두는 것도 걸려. 주변에 나가 놀 만한 데도 없고."

"광장에 오라고 해. 우리가 틈틈이 놀아 줄게."

"가끔은 괜찮지만 매일 그러는 건 싫어. 내가 돈 버는 모습을 아직은 주연이 많이 안 봤으면 좋겠어. 어리잖아. 나는 주연이 돈 걱정 없이 그냥 어린아이로 지냈으면 좋겠어."

"아무리 그래도 졸랑구역의 학교가 어디 학교야? 뭐하러 돈 들여서 애를 사자 굴에 밀어 넣어? 버티기나 할 것 같아?"

주루도 걱정이 되지 않는 건 아니었다. 하지만 학교 갈 날만 손 꼽아 기다리는 주연을 생각하면 어쩔 수 없었다. 어떻게든 보내 주고 싶었다.

"2학년 형들이 나를 가운데 세워 놓고 한 명씩 돌아가면서 돌려차기를 했어."

주연이 말했다. 아니나 다를까 주연은 학교에서 매일같이 얻어 맞고 돌아왔다.

"왜 그랬는데?"

"심심해서래. 그리고 이유가 하나 더 있긴 한데……."

주연이 주루의 귀에 입을 바싹 갖다 대고 소곤거렸다.

"나는 눈에 띄지 않는 셋방에서 사니까 학교에서도 눈에 띄어서는 안 된대. 눈에 띄면 맞는대."

다음 날은 팔꿈치와 손바닥에서 피가 났다.

"내가 실내화 갈아 신고 일어서려는데 갑자기 이름도 모르는 다른 반 애가 와서 가슴을 발로 찼어."

"왜?"

"그냥. 내가 재수 없대."

"너는? 너는 때리지 않았어?"

"내가 때린다고?"

주연이 깜짝 놀라 눈을 동그랗게 떴다. 그러곤 작은 목소리로 덧붙였다.

"난 때리고 싶지 않아."

"왜?"

"때리면 아프잖아. 난 많이 맞아 봐서 알아. 때리면 정말 아파."

주루는 주연을 끌어안았다.

"형, 너무 걱정하지 마. 나 그래도 넘어지면서 머리는 안 부딪혔어. 그리고 전부 나한테 나쁘게 대하는 건 아니야. 친한 친구도 한 명 생겼어. 그리고 어쩔 때는 말이야, 내가 피할 수도 있어."

"주연아, 넌 훌륭한 아이야."

주루가 나직이 속삭였다.

08

광장에서

하민은 광장에서 친구들과 시간 매매 기술에 대해 한창 얘기 중이었다.

"인간에게 시간이란 개념을 알려 준 건 자연이야. 해와 별이 뜨고 지고 달이 움직이는 모습을 보고 시계와 달력을 만든 거거든. 처음엔 그런 게 시간의 척도였어. 만약 지금까지 그 방법으로만 시간을 다루었다면 시간 매매 기술은 불가능했을 걸. 지구의 자전이나 달의 운동은 인간이 손댈 수 있는 범위를 넘어서 있으니까. 그걸 척도로 삼는 한 시간도 손댈 수가 없었을 거야."

"지금은 뭘 척도로 삼는데?"

도치가 축구공을 운동화 코로 돌리며 물었다.

"원자현상."

"원자?"

"예전에는 천체의 형태와 운동이 불변하는 거라고 믿었지만 실제로는 그렇지 않잖아. 지구의 자전 속도만 해도 조석마찰이나 중심핵의 운동, 계절적 기상 현상에 따라서 변하는 거고. 그래서 보다 정밀하고 안정적인 척도를 찾았는데 그게 원자야. 원자는 전이할 때 특정 진동수의 빛을 방출하는데 이 진동 횟수를 바탕으로 1초를 정의한 거지."

"어떻게?"

도치가 축구공을 내려놓고 앉았다. 주루도 주의 깊게 하민의 얘길 듣고 있었다. 텀블링을 네 번 하고 600시렁을 버는 효안도 관심이 있는지 이쪽으로 왔다. 잰은 바닥에 벌여 놓은 앨범들을 대충 정리하고 도치 옆에 앉았다. 잰은 누구 것인지 알 수 없는 옛날 사진들로 채워진 앨범을 팔았다. 돌 사진, 자전거 타는 사진, 생일 촛불 끄는 사진, 기념탑 앞에서 찍은 사진, 나무를 안고 찍은 사진, 입학식과 졸업식 사진, 결혼식 사진, 바닷가에서 찍은 사진 들이 차례로 꽂혀 있었다. 이런 사진들이 쓸모가 있는지는 모르지만 잰의 앨범들은 그럭저럭 팔렸다. 잰은 추억이란 건 시간이 지날수록 누구에게나 희미해지기 때문에 그게 꼭 내 사진이 아니어도 상관없는 거라고 말하곤 했다. 핍이 그게 무슨 말이냐고 되물을 때마다 잰은 자신이 제법 어른스러운 소릴 했다고 우쭐해했다. 핍은 도로에 차들이 많아서 좀처럼 광장 안으로 들어오지 못하고 있었다. 핍은 "이따 얘기해 줘야 해. 꼭 해 줘야 해." 하고 몇 번이나 도치에게 당부를 하고 갔다. 요즘엔 어딜 가든 크로노스 시간에 대한 얘기뿐이었다.

"어려우니까 잘 들어. 1967년도에 정의된 1초는 '세슘 원자에 의해 방출 또는 흡수된 복사의 주기인 91억 9263만 1770헤르츠와 같다'야."

아이들은 하민의 말을 이해하느라 제각기 심각한 표정을 지었다.

"그러니까 옛날엔 해나 달이 뜨고 지는 걸로 시간을 측정했는데 이젠 그거랑 상관없이 세슘 원자에 의해 시간을 측정한다는 거지?"

효안이 야무지게 물었다.

"응, 그래서 시간을 물건처럼 규격화할 수 있게 된 거야. 무슨 소린지 알겠지?"

"글쎄, 알아들었는지 못 알아들었는지 모르겠어."

효안이 양쪽 볼을 부풀리며 미간을 찌푸렸다.

"그리움 같은 거야?"

주루가 끼어들었다.

"뜬금없이 웬 그리움?"

하민이 황당한 듯 주루를 쳐다보았다.

"도치가 얘기해 줬는데 그리움은 우리 속에 있는 게 아니래. 그리움은 별 속에 있는 거래. 지구 밖 아주 먼 곳에 말이야. 만약 그리움이 우리 속에 있는 거라면 정말 그리울 때 뭔가 방도를 찾을 수 있겠지만 지구 밖에 있으니까 아무리 그리워도 어쩔 수 없는 거라고."

"음, 근데 그게 이거랑 무슨 상관이야?"

"네가 말한 것도 그런 거 아냐? 시간의 척도가 지구 밖에 있었다면 규격화하는 게 불가능했겠지만 이젠 시간의 척도가 지구 안에 있으니 해 볼 수 있다고."

"맞아. 바로 그거야."

"난 주루 얘기도 하민 얘기도 모르겠어. 어쨌든 하민 네 말은 이제 시간을 살 수도 있고 팔 수도 있다는 거지?"

잰이 답답한 듯 물었다.

"맞아."

"얼만데?"

"그게 팔 때랑 살 때랑 가격이 달라."

"왜?"

"시간에는 우리가 시계를 보고 알 수 있는 시계 시간과 똑같은 시간인데도 길게 느껴지기도 하고 짧게 느껴지기도 하는 체험 시간이 있거든. 시계 시간은 누구에게나 똑같지만 체험 시간은 사람마다 달라. 그래서 누군가 시간을 팔면 공장에서 체험 시간을

균질하게 만드는 공정을 거쳐야 해. 그래야 소비자에게 팔 수 있
는 정제된 시간이 나와. 근데 그 공정이란 게 세밀하고 까다로운
작업이라 돈이 많이 들어. 그래서 시간을 팔 때보다 살 때 단가
가 더 올라가는 거야."

"얼마나 비싼데?"

잰이 침을 꿀꺽 삼키며 물었다.

"세 시간을 팔면 한 시간을 살 수 있어."

"에이, 그럼 엄청 손해네."

"꼭 그렇진 않아. 바쁜 날도 있고 한가한 날도 있잖아. 시간이
많아 지루할 때는 시간을 팔고 바쁜 날엔 시간을 사서 쓰면 좋잖
아."

"그런가? 그런 것 같기도 하고."

잰이 머리를 긁적거렸다.

"시간을 시간으로만 살 수 있어? 돈으로는 못 사?"

도치가 물었다.

"당연히 돈으로도 살 수 있지."

"얼만데?"

"한 시간에 300프놈."

"꺅!"

아이들이 일제히 비명을 질렀다.

"너무 비싸!"

"미쳤어. 한 시간에 300프놈이라니!"

"에이, 우린 꿈도 못 꾸겠다."

"그럼 팔 때는? 한 시간 팔면 얼마 받아?"

효안이 급하게 물었다.

"100프놈."

"100프놈이나 준단 말이야?"

아이들이 또다시 소리쳤다.

"일반 돈으로 주는 건 아니고 100프놈의 가치가 있는 세슘 지폐 한 장을 줘."

"세슘 지폐? 그게 뭔데?"

"돈하고 다를 거 없어. 어느 가게에서든 다 쓸 수 있는 거야."

"와, 그럼 이젠 일 안 해도 되겠다. 매일 한 시간씩 팔고 100프놈 벌면 엄청 편하게 살겠다."

잰은 생각만 해도 신이 나는지 손뼉을 치며 발까지 굴렀다. 하민은 갑자기 식은땀이 났다.

'왜 이런 기분이 드는 거지? 애네가 시간을 팔아야 우리 회사가 잘되는 건데, 왜 이렇게 불안하지?'

"어차피 하루 중 한 시간쯤은 있거나 없거나 별 상관 없잖아. 매일 한 시간씩 팔면 한 달이면 얼마야? 3000프놈? 꺅! 우리 부자 되겠어. 더는 텀블링 안 돌아도 먹고살겠어."

효안마저 좋아서 팔짝거리자 하민의 마음이 죄어들었다. 더는 이 아이들과 같이 있고 싶지 않았다.

"어, 가려고? 궁금한 거 많은데. 가지 말고 더 얘기해 줘."

효안이 일어서는 하민을 붙잡았다.

"머리 아파. 가서 좀 쉴래."

"그럼 같이 가자. 내가 지팡이 들어다 줄게."

도치가 따라 일어났다.

"아니, 혼자 갈래."

하민이 고집스럽게 지팡이를 챙겨 등에 멨다. 주루와 도치가
하민을 바라보았다.

09

아프리카의 브랜디

시간 매매에 대한 관심은 폭발적이었다. 실제로 시간을 파는 양은 기대에 미치지 못했지만 시간을 사려는 사람들은 첫날부터 줄을 섰다. 부자들은 갈증을 느끼던 터였다. 삶의 기반이 진부해져 웬만한 걸로는 새로움을 느낄 수 없었다. 그들은 더 놀랍고 특별한 걸 맛보고 싶었다. 크로노스 시간은 새로운 부의 척도이자 열망이 되었다.

한 시간은 300프놈에 살 수 있었다. 이는 중고 클레버폰의 값에 맞먹는 가격이었다. 가격은 한 시간이 더해질 때마다 세 배씩 뛰었다. 두 시간은 900프놈, 세 시간은 2700프놈, 네 시간은 8100프놈, 다섯 시간은 24300프놈…… 이 유별난 가격 체계가 부자들을 더욱 흥분시켰음은 말할 것도 없었다.

또한 살 수 있는 시간이 정해져 있다는 것도 그들의 흥미를 낚는 데 한몫했다. 300프놈을 내고 한 시간을 샀다고 해서 아무 때나 쓸 수 있는 게 아니었다. 새벽 6시 뒤에 한 시간을 끼워 넣는다든지 오후 4시 뒤에 끼워 넣고 쓸 수는 없었다. 300프놈을 내고 한 시간을 산다는 건 그에게 25시가 생겼다는 걸 의미했다. 23시 59분과 0시 사이의 새로운 시간이었다. 만일 900프놈을 내고 두 시간을 산다면 25시와 26시를 가질 수 있었다. 편리성을 따지자면 아무 때나 시간을 끼워 쓸 수 있는 편이 좋았겠지만, 과시하기 위해서는 모두가 동일한 시간대에 누가 더 많이 크로노스 시간을 샀는가를 겨루는 게 손쉬웠다.

사람들 사이에서는 더 이상 자동차나 아파트 평수, 명품 가방이 자랑이 아니었다. 그들은 친구와 통화하며 "내일은 종일 바빠서 시간이 안 되는데 어쩌지? 잠깐도 짬이 안 나네. 그래, 25시가 있었지. 어때? 나 내일 25시면 괜찮을 거 같은데, 자네는? 시간 되겠나?" 하고 말했다. 그럴 때 25시를 사는 게 부담스러운 사람은 주눅이 들어 "다음에 보세. 나도 아무래도 바빠서 말이야." 하고 전화를 끊었다.

25시 이후에만 문을 여는 카페와 클럽도 늘어 갔다. 효도 선물로 부모님께 26시를 선물하는가 하면 일주일에 세 번 이상 27시에 데려갈 수 있는 사람이 아니면 결혼하지 않겠다는 풍토도 생

겨났다. 세상에서 가장 많은 시간을 사서 시간의 끝에 가 보겠다
는 욕망을 품은 사람도 있었다.

매일매일 갓 잡은 해산물처럼 싱싱한 시간이 팔려 나갔다. 시
간의 유통기한은 하루였다. 크로노스 사에서는 그날 산 시간을
그날 전부 판매했다. 시간 매매는 은행보다 이른 15시에 종료되
었다. 시간을 파는 사람도 사는 사람도 15시 이전에 매매를 끝내
야 했다.

하민은 25시에 집에 갔다. 크로노스 시간이 본격적으로 팔려
나가면서 거리에는 사람들이 하나둘 생겨났다. 바탕구역은 여전
히 조용했지만 졸랑구역으로 넘어오면 심심찮게 사람들과 마주
쳤다. 25시에 만난 사람들은 지금이 25시라는 것만으로도 자랑
스러워하며 서로에게 호의적인 눈빛을 보냈다.

집 안은 어두웠다. 어머니는 거실 한쪽에 놓인 집무용 책상에
앉아 있었다. 책상 위 달걀 모양의 UPL 조명 기구가 내뿜는 연한
빛이 아니었다면 보이지 않았을 것이다.

"어머니, 왜 이렇게 어둡게 하고 있어요?"

"어, 왔니? 너 기다리다 잠깐 눈 좀 붙였지. 넌 계속 이렇게 지
낼 거야? 전에는 그나마 시간 칩 받으려고 들르더니 요즘엔 크로
노스 시간이 아니면 통 오지도 않고. 크로노스 시간 없으면 네
얼굴도 잊어버리겠다. 거긴 언제 정리할 거야?"

하민이 어깨를 으쓱해 보이고 불을 켰다.

"하여튼 고집은."

어머니가 알약 몇 알을 삼켰다. 편두통에 먹는 약이었다. 어머니가 하민을 바라보지 않은 채 무겁게 숨을 내쉬었다.

"어머니, 회사는?"

"시간을 파는 사람들이 느는가 싶더니 도로 주춤해."

"그래도 괜찮아요?"

"본래 이런 일엔 시간이 걸리는 법이야. 느긋하게 기다려야지. 결국 어마어마한 시간이 굴러들어 올 테니까."

"무슨 전략이라도 있어요?"

하민이 눈을 반짝이며 물었다.

"시간 매매가 사람들에게 익숙해지면 곧 2단계 전략에 들어갈 거야."

"그게 뭔데요?"

"하지만 2단계 전략이라고 해 봐야 보조적인 수단에 지나지 않아. 진짜는 따로 있지."

어머니가 혼잣말 하듯 나직이 말했다.

"너 예전에 유럽 사람들이 아프리카에 가서 어떻게 노동력을 얻었는지 알아?"

하민이 고개를 저었다.

"프랑스가 오고우에 지방에서 목재업을 하는데 아프리카 사람들이 너무 게으른 거야. 도무지 원하는 만큼 일을 시킬 수가 없었어. 사실 아프리카 사람들은 게으른 게 아니라 자유로웠던 거거든. 숲이 제공하는 대나무, 라피아, 가죽으로 오두막을 짓고 바나나와 마니호트를 재배하고 고기잡이와 사냥을 하면 풍족하게 살아갈 수 있으니까. 생활에 필요한 모든 걸 자연에서 얻으니 굳이 시키는 일을 할 까닭이 없는 거지. 그래서 백인들은 아프리카 사람들이 돈을 필요로 하게끔 만들어야 했어."

"어떻게요?"

"오소리와 원숭이 얘기 알지?"

"오소리가 원숭이를 꽃신 선물로 유인해서 나중에 종으로 만든 거요?"

"그래, 백인들은 열네 살 이상이 되면 인두세를 물리고 그 밖의 다른 세금도 만들었어. 그리고 오소리처럼 이런저런 물건도 자꾸 갖다 주었지. 예쁜 천이나 사탕, 담배, 도끼, 카키색 옷, 구두 따위를 말이야. 아프리카 사람들은 세금도 내야 하고 새로운 물건들도 갖고 싶어졌어. 그중에서도 가장 인기 있는 물건이 있었는데……."

"뭔데요?"

"브랜디."

순간적으로 어머니의 얼굴이 기묘하게 들떴다.

"백인들의 물건에는 모포, 모기장, 칼, 톱, 못, 나사, 어망용 실 따위도 있었고 넥타이, 레이스가 붙은 부인용 속옷, 코르셋, 망

사 양말 등도 있었어. 축음기, 아코디언, 온갖 장난감과 알코올
류도 있었고. 그런데 유용한 물건보다는 하찮은 물건이나 알코올
이 그들을 길들이는 데 좋았지. 물론 단연 뛰어났던 건 브랜디야.
아프리카 사람들은 몇 달 동안 힘들게 일해서 번 돈을 브랜디에
탕진했어. 덕분에 백인들은 실컷 그들을 부려 먹을 수 있었지."

하민은 기분이 나빠졌다. 어머니가 계속해서 말했다.

"사람들을 끌어들이는 데 마케팅만으로는 한계가 있어. 브랜
디처럼 제품 자체가 지닌 파괴적인 중독성이 있어야 진짜 성공할
수 있는 거야."

어머니가 차갑게 미소 지었다. 하민은 불안해졌다.

"어머니, 설마 우리가 그러려는 건 아니죠? 오소리처럼 원숭이
를 괴롭히려는 건 아니죠?"

"말은 바로 해야지. 오소리는 원숭이에게 꽃신을 선물했을 뿐
이야."

"어머니, 시간 파는 사람들은 대개 가난한 사람들이잖아요."

"그래서?"

"그 사람들 그러지 않아도 사는 게 힘든데 더 힘들게 하면 안
돼요. 알코올중독자 만들듯이 시간을 탕진하게 하면 안 돼요."

"넌 어머니를 그 수준으로밖에 안 보니?"

"그렇죠? 우리 회사가 그런 방법을 쓰려는 건 아니죠?"

"이러니 내가 널 어린애 취급할 수밖에 없는 거야. 아직까지도

경영이란 걸 제대로 파악 못 하고 있다니 실망스럽다."

어머니의 실망스럽다는 말에 하민의 마음이 요동쳤다.

"아, 맞아. 우리 회사의 시간 매매 자판기에는 규제 장치가 있지! 하루의 3분의 1 이상은 못 팔게 되어 있지!"

하민이 애써 밝게 말했다.

"그런 게 바로 진짜 전략인 거지."

어머니가 나직하게 속삭였다. 하민은 소름이 끼쳤다.

"······진짜 전략?"

어머니는 대답 대신 빨간 립스틱을 바른 입술에 금이 가듯 미소 지었다. 하민은 불길한 예감이 들었다. 하민의 손이 미세하게 떨렸다. 더는 어머니와 얘기하고 싶지 않았다. 뭔가를 더 알게 될까 봐 두려웠다. 어머니가 생각에 잠긴 듯 살짝 고개를 숙였다가 하민에게 시선을 돌렸다.

"하민, 신경 쓸 거 없어."

하민은 멍하게 어머니를 바라보았다. 어머니의 얼굴 반쪽은 광채가 나고 다른 쪽은 완전히 어둡게 느껴졌다.

"예전에 네가 별채에서 훔친 꽃 그림 기억해?"

난데없는 어머니의 말에 하민은 질식할 것 같았다. 오랜 세월 가슴에 묻어 두었던 고통이 심장을 움켜쥐었다.

"너도 짐작은 할 거야. 그게 두 번 다시는 구할 수 없는 그림이며 대단히 값비싸다는 것 정도는. 만약 다른 사람이 훼손시켰다면 그 값을 물어내기 위해 생명을 내놓아도 모자랐을 거야. 하지만 넌 아무 일 없었잖아. 너에겐 어린애 호기심으로 저지른 장난에 불과한 일이었잖아. 지금은 기억조차 못 할지 모르겠지만."

뚫고 들어갈 수 없는 어머니의 눈이 눈부시게 반짝였다.

"그러니 신경 쓸 거 없다고, 하민. 넌 귀한 그림을 찢어 버려도, 아니 더한 걸 망쳐도 괜찮은 사람이야. 세상 누구보다 특별한 사람이야. 빈민들이 이러니저러니 하는 문제는 너와는 상관없는 일이야. 넌 그들과 달라. 네가 누구인지 잊지 말고 집중해."

어머니의 생명력이 흘러넘쳐 하민의 내부를 채우더니 소녀를 부숴 버렸다. 하민은 자기도 모르게 뒷걸음치다 뭔가에 걸린 듯 뒤로 나뒹굴었다.

"애가 덤벙대기는."

어머니가 웃었다. 하민도 뭐라 설명할 수 없는 감정에 목이 메어 웃었다. 창백한 뺨과 축축한 눈가를 들키지 않으려고 웃고 있는지도 몰랐다.

"어머니, 나 갈게요."

하민이 자리를 털고 일어났다.

"왜? 벌써?"

"바람 좀 쐬려고."

"너 이제 정말 정리해. 바탕구역에 있어 봐야 더는 나올 것도 없어."

하민은 대답하지 않았다.

"알아들어? 조금만 지나면 시간은 알아서 굴러들어 온다고."

현관을 나서는 하민에게 어머니가 소리쳤다. 하민이 돌아갈 때면 어머니는 마음이 조급해졌다. 하민이 손 닿지 않는 곳으로 점점 멀어지는 것 같았다. 쓸데없는 생각이라는 걸 알면서도 좀처럼 그런 기분이 떨쳐지지 않았다.

하민은 집을 나왔다. 그제야 되살아나듯 깊은 숨을 내쉬었다. 아무 생각도 하고 싶지 않았다. 고통이 더욱 생생해졌다. 걸을 때마다 상처가 벌어져 머리에서 피가 흐르는 듯했다. 하민은 왼쪽 가슴에 손을 얹고 "괜찮아, 괜찮아." 하고 속삭였다. 눈앞을 뒤덮고 있던 뿌연 안개가 흩어지며 눈에 익은 길이 서서히 분간되었다.

10
발목을 위한 시간

하민은 짐승처럼 잠들어 있었다. 소녀는 나무와 피, 꽃이 뒤섞인 매혹적인 꿈을 꾸며 오직 자기 자신과 함께 있었다. 잠에서 깨어나도 꿈을 꿀 때처럼 골똘한 모습으로 침낭 속에서 꼼짝하지 않았다. 만사가 귀찮았다. 그래도 별수 없이 화장실이 급하면 신발을 신고 계단을 내려갔다 와야 했다. 냄새나는 공동 화장실이 1층에 있었다. 목이 말라 물병을 집어 들었지만 세 개 다 비어 있었다. 기본적인 생활만 하려 해도 품이 너무 들었다. 졸랑구역의 집에서였다면 아무것도 아니었을 일인데 이곳에서는 고되게 몸을 움직이지 않으면 안 되었다. 하민은 짜증이 났다.

'대단한 걸 누리겠다는 것도 아니잖아. 그냥 오줌이나 싸고 물

좀 마시겠다고. 겨우 그것뿐인데 왜 이렇게 힘들어? 뭐가 이렇게 불편하냐고?'

하민은 허공을 상대로 화를 냈다. 한참 뜨거워진 햇살이 내리 꽂혔다. 한여름의 무더위가 계속되고 있었다.

'사는 게 왜 이래? 도대체 뭣 때문에 이렇게 살아야 돼? 거저도 아니잖아. 다들 뼈 빠지게 일한다고. 강철도 두드려 펼 만큼 힘들게 일한다고. 그런데도 왜 이렇게 살아? 누군가는 왜 이렇게 살아야 하냐고!'

하민의 눈에 눈물이 고였다. 기분이 더러웠다. 하민은 멍하니 수직도시를 바라보고 앉아 있었다. 광장에 나가기에도 늦어 버렸다. 한참을 그러고 있다 침구를 정리하고 물을 뜨러 가려고 빈 병들을 챙겼다.

그때 누군가 옥상으로 올라오는 소리가 들렸다. 하민이 철제 계단으로 목을 빼고 내려다보았다. 효안이 씩씩대며 올라오고 있었다. 효안은 텀블링은 잘하면서도 몸이 묘하게 뻣뻣했다. 어쩌면 효안의 텀블링이 돈벌이가 되는 건 나무 막대기가 빙글빙글 돌아가는 것처럼 보이기 때문일지도 몰랐다.

"다행이다, 집에 있어서. 좀 전에 광장에 갔었는데 없어서 걱정했어."

효안이 마지막 계단을 올라와 숨을 고르며 말했다.

"나를 찾았어? 왜?"

"수리가 너 좀 보재."

하민은 효안을 보고 반가웠던 마음이 싹 가셨다.

"수리가 왜?"

"가 보면 알아."

하민은 지금 이 기분으로 수리까지 보고 싶지는 않았다. 싸운 뒤로 둘은 가급적 서로를 피했다. 다른 아이들과 함께 있을 때야 어쩌다 한두 마디 섞기는 했지만 둘만 있으면 누가 먼저랄 것도 없이 서로를 무시했다.

"싫어. 나 안 가. 볼일 있으면 직접 오라고 해."

"그게, 사정이 있어서."

"무슨 사정?"

"수리가 말하지 말랬어. 네가 동정심 때문에 오는 건 싫다고."

"나 참, 누가 자기를 동정하기나 한대?"

"가자, 하민아."

"싫어, 귀찮아."

효안이 옥상 모서리로 가더니 난데없이 자세를 잡았다.

"내가 텀블링 보여 줄게. 여긴 좁아서 연속 2회전만. 어때? 갈 거지?"

하민은 어이가 없어 웃음이 나왔다. 텀블링은 효안이 지닌 최고의 무기였다. 효안은 누군가를 위로해야 할 때, 화를 풀어 줘야 할 때, 설득해야 할 때를 가리지 않고 "내가 텀블링 보여 줄게."

하고 말했다. 그러면 신기하게도 상대방의 마음이 풀어져 일이 술술 돌아갔다. 아이들 사이에서 효안의 텀블링은 만병통치로 통했다. 하민은 효안이 위험하게 옥상에서 텀블링을 하기 전에 신발을 질질 끌며 따라나섰다.

효안과 수리는 같은 건물에 살고 있었다. 디귿 자 모양의 7층 건물 아래로는 기름 냄새 풍기는 식당들이 있었다. 디귿 자 사이에 갇힌 뒷마당은 벽을 타고 흘러내린 빗물로 질퍽거렸다. 아침에만 잠깐 해가 드는 건물 안은 어두웠다. 그러면서도 푹푹 쪘다. 집집마다 문이란 문은 모조리 열어 두었지만 복도까지 후끈 달아오른 열기가 대단했다. 오히려 바깥보다 더 더웠다. 하민은 신경을 자극하는 냄새와 눅눅한 더위 속에서 힘겹게 숨을 쉬며 계단을 올라갔다. 속옷 바람으로 문가에 앉아 격양된 목소리로 뭔가를 상의하는 고물상 부부의 대화가 5층에 올라갈 때까지 들려왔다.

수리의 방은 7층보다 조금 높은 지붕 밑의 다락방이었다. 사선으로 기운 천장 덕에 방은 아늑해 보였고 도배 상태도 깨끗했다. 그러나 여름이면 무섭게 더웠고 겨울이면 무섭게 추웠다. 그중 더 견디기 힘든 건 추위였다. 수리는 겨울이면 자기 방이 극점이 된다며 조만간 펭귄들이 놀러 오기로 했다고 너스레를 떨었다. 수리 방에 가 본 아이들도 무시무시한 추위에 대해 맞장구쳤다.

아직 바탕구역에서 겨울을 겪어 보지 않은 하민은 아이들의 말이 과장되었을 거라 생각했다.

효안이 7층 복도 끝에 놓인 사다리를 타고 오르며 말했다.

"넌 여기서 기다려."

"왜?"

하민은 여전히 수리를 만나고 싶은 생각이 없었지만 여기까지 와서 올라오지 말라니 황당했다.

"수리가 옷을 가져다 달라고 해서. 금방 올게."

효안이 사다리 너머로 사라졌다. 하민은 수리가 효안을 앞세워 자기를 골탕 먹이려 하는 건 아닐까 생각했다. 효안을 따라 올라갈까 망설이다 자존심이 상해 그만두었다. 잠시 뒤 효안이 옷 가방을 들고 내려왔다.

"수리가 뭐래? 내가 온 거 알 거 아니야?"

"수리 여기 없어. 내 방에 있어."

"왜?"

"그게…… 보면 알아."

효안의 방은 6층에 있었다. 둘은 어두운 복도를 돌아 나와 계단을 내려갔다. 금 간 벽에 검은곰팡이가 피어 있었다. 하민은 손등으로 이마의 땀을 닦아 냈다.

효안이 닳고 닳은 손잡이를 밀어 안으로 들어갔다. 플라스틱 서랍장과 탁자, 의자 하나가 입구 쪽으로 있었다. 침대틀 없는 매트리스는 안쪽 벽에 밀어붙여져 있었다. 탁자에는 아침을 먹고 치우지 않은 그릇들이 널려 있었다. 아마도 복도 끝 공동 부엌에서 효안이 음식을 했을 것이다.

"나 물 좀 마실게."

하민이 그제야 생각난 듯 탁자에 놓인 물병을 들고 벌컥벌컥 물을 마셨다. 옥상도 덥긴 했지만 이 정도는 아니었다. 열어 놓은 창문으론 바람 한 점 들지 않았다. 수리는 매트리스에 누워 있었다. 덥지도 않은지 이불을 덮고 꼼짝하지 않고 있었다.

"왔어?"

수리가 천천히 몸을 일으켰다.

"수리야, 여기 네 옷. 나 간다. 애들한테 돈 더 구해 볼게. 하민아, 수리 부탁해."

효안이 나갔다. 하민은 이게 무슨 상황인지 의아해하며 의자에 걸터앉았다.

"내가 아침에 사다리 타고 내려오다 떨어져서 발목이 부러졌거든."

수리가 이불을 걷었다. 왼쪽 다리에 댄 깁스가 보였다.

"떨어지는 소리에 다행히 사람들이 나와 보고는 효안을 불러 줬어. 효안이 부축해 줘서 빈민 구호소에 다녀왔고."

하민은 속으로 '그럼 됐잖아, 근데 뭐?' 하고 대꾸했다.

"깁스하는 데 110프놈이나 들었어. 목발 빌리려면 25프놈 더

내라고 해서 목발은 안 빌렸어. 효안이 도치랑 주루한테 돈 빌리고 자기 돈 합해서 병원비 냈어. 효안은 애들에게 더 빌려 보겠다고 하지만 그래 봤자 몇십 프놈밖에 안 될 거야."

하민은 수리가 무슨 얘기를 하려는 건지 감을 잡을 수가 없었다. 더위 탓인지 수리가 다쳤어도 별로 측은한 마음이 들지 않았다. 초라한 세간들은 혀를 빼물고 헉헉대고 있었다. 비릿하게 뒤엉킨 숨결이 답답했다. 하민은 그저 이 방에서 빨리 벗어나고 싶었다.

"너도 알잖아. 바탕구역엔 제대로 된 병원이 없다는 거. 나 오늘 응급처치만 받은 거야. 110프놈이나 들여서 겨우 응급처치만 받은 거야. 발목뼈가 으스러졌대. 수술해야 된대. 철심 박아야 한대."

수리의 눈에 눈물이 고였다.

"수술비는 20000프놈 조금 안 될 거래. 수술 전 검사비로는 8800프놈 정도 든대. 그러면서 수술 안 하면 평생 다리 절게 된다고, 내일이라도 당장 졸랑구역에 가서 수술하래."

수리가 서러움에 북받쳐 울었다. 하민은 놀라 수리를 보았다.

"한 푼도 없단 말이야. 그런데 수술받으래. 나더러 수술받으래. 내가 기막혀 엉엉 우니까 면허는 없지만 수술은 잘 하는 사람이라며 D박사를 소개해 줬어. 거기 가면 병원의 10분의 1 비용으로 수술할 수 있다고."

하민은 수리가 가엾긴 해도 우는 모습을 보는 건 부담스러웠
다. 머릿속으론 수리를 위로해 주고 싶었지만 마음 한편은 여전
히 시큰둥했다. 하민은 자기도 모르게 지겨운 표정을 지었다.

하민은 슬며시 일어나 창가로 고개를 내밀었다. 어린애들이 질
퍽한 뒷마당에서 옷을 더럽히며 놀고 있었다. 조금 큰 아이가 땅
에서 지렁이를 파내어 꺼내 드니 작은 아이가 깔깔대고 웃었다.
수리는 잠깐 소리 내어 울고 까무잡잡한 팔로 눈물을 슥 닦아 냈
다.

"너한테 묻고 싶은 게 있어."

수리가 훌쩍임이 그치지 않은 목소리로 딸꾹질하듯 말했다.
하민은 창가에 선 채 고개만 돌려 수리를 바라보았다.

"정말 한 시간 팔면 100프놈 줘?"

"100프놈하고 똑같은 세슘 지폐 한 장."

"그, 그러면 하루를 전부 팔면……."

"그건 안 돼. 하루에 최대 여덟 시간까지만 팔 수 있어."

"아, 여덟 시간."

수리가 발개진 눈으로 잠시 생각에 잠겼다.

"그, 그러면 800프놈? 정말 하루에 800프놈을 줘?"

"응."

"일도 안 하고 아무것도 안 했는데?"

"그래, 그렇다니까."

"이틀을 팔면 1600프놈?"

수리의 얼굴이 환해졌다. 수리는 손가락을 꼽아 가며 계산을 했다.

"나흘만 팔면 나 수술받을 수 있겠어. D박사한테 갈 수 있겠어."

"겨우 그거 물어보려고 나 보자고 한 거야? 그 정도는 효안도 알고 있을 텐데."

"왠지 너한테 확인받고 싶었어. 네가 제일 잘 알고 있잖아. 시간이야 누구에게나 있는 건데 그런 걸 큰돈을 주고 산다는 게 이해가 안 돼. 돈을 너무 많이 주니까 어쩐지 무섭기도 하고 찜찜하기도 하고."

수리가 말끝을 더듬었다. 하민은 다시 창밖으로 시선을 던졌다. 그사이 무슨 일이 있었는지 작은 아이가 울고 있었다. 하민은 그 사정이 궁금해 더욱 바싹 몸을 내밀었다.

"정말 시간을 팔아도 되는 거지?"

등 뒤에서 불안하게 묻는 수리의 말에 하민은 "당연하지." 하고 건성으로 답했다. 햇빛도 들지 않는 건물이 이렇게 덥다니, 역시 뭔가 잘못된 게 틀림없었다.

11

주루의 세 시간

크룽의 전 구역에 시간 매매 자판기가 빼곡하게 들어섰다. 바탕구역에도 접근성이 좋은 길목마다 기름때에 찌든 낡은 가게들이 헐리고 자판기가 세워졌다. 민트색의 자판기는 새로 이사 온 속 깊고 조용한 이웃 같았다. 자판기 덕에 거리가 한층 단정해졌다. 다만 가게에서 나오는 쓰레기에 의존해 살던 고양이들이 배가 고파 자주 울었다.

시간을 팔려면 자판기에 지문을 입력해야 했다. 한 사람당 하루의 시간을 3분의 1 이상은 팔지 못하도록 규제하는 장치였다. 이 지문은 하루 동안 저장되었다가 삭제되었다. 물론 시간을 살 때는 지문 인식이 필요하지 않았고 무한정으로 살 수 있었다.

바탕구역 사람들에게 하루에 한두 시간을 파는 건 일상적인 일이 되었다. 한두 시간을 팔아 봤자 하루의 끝에 붙은 22시, 23시가 없어지는 것이라서 대수롭지 않았다. 어차피 제대로 된 일자리를 구하기 어려운 바탕구역에선 그런 시간이야 남아돌던 것이었다. 팔아 치우지 않는다 해도 술을 마시거나 무료하게 날려 보낼 시간이었다. 이제 시간을 팔아 종일 먹고 싶은 대로 먹고 괜찮은 잠자리에 약간의 오락거리도 곁들일 수 있게 되었다. 몇 푼 되지도 않는 날품팔이 일거리를 전전할 필요도 없었다.

하민은 광장에 거의 나오지 않았다. 어쩌다 나와도 도통 의욕 없이 앉아 있다 갖고 나온 지팡이를 그대로 들고 돌아갔다. 친구들과도 어울리려 들지 않았다. 주루와 도치가 옥상으로 찾아가도 핑계를 대서 금방 돌려보냈다.

도치는 최근 헤딩 오래 하기를 연습하고 있었다. 도전하는 날을 두 달 뒤로 정해 놓고 다른 기술들과 더불어 매일 한 시간씩 헤딩을 선보였다. 예전만큼은 아니어도 조금씩 도치의 인기가 돌아오고 있었다.

저 멀리서 주연이 신이 나서 달려왔다.

"형, 형!"

주연이 숨도 못 쉴 정도로 빠르게 뛰어오고 있었다.

"주연아, 천천히."

주루가 소리쳤다. 주연이 주루의 품에 덥석 안겼다.

"좋은 일 있어?"

주연이 숨을 고르느라 말도 못 한 채 힘차게 고개를 끄덕였다.

"형, 나 초대받았어. 나 생일 초대받았어."

"와, 잘됐다."

"누구한테 받았는지 알아?"

"누구?"

"하랑이."

"네가 좋아한다는 그 애?"

"응, 우리 반에서 제일 인기 많은 애."

주연이 몸을 비틀며 웃었다. 그동안 살이 오른 주연의 희고 매끈한 이마와 통통한 뺨이 보기 좋았다. 주연이 주루의 다리에 얼굴을 파묻자 찰랑거리는 새카만 머리카락 아래로 솜털이 보송보송한 목덜미가 드러났다. 주연이 깔깔대다 갑자기 진지해졌다.

"근데 형, 이거 알아? 나 만일 하랑이 생일파티 가게 되면 더이상 따돌림 안 당한다."

주연의 눈동자가 침울하게 깊어졌다. 주루는 가슴이 턱 막혔다.

"그래, 그래야지. 생일파티 가서 다른 친구들하고도 친해지고."

"아니, 그런 게 아니고."

주연의 얼굴이 어두워졌다.

"생일파티가 이번 주 토요일 25시에 열리거든."

주연이 거의 들리지 않을 정도로 속삭였다.

"나래가 그랬어. 25시라는 건 아파트 평수 같은 거래. 25시에 올 수 있는 사람은 아파트 100평에 사는 사람이랑 비슷한 거래. 그래서 애들이 25시에 온 사람은 무시 안 한대. 나래가 나한테 꼭 같이 가자고 그랬어. 내가 25시에 열리는 하랑이 생일파티에 다녀오고 나면 아무도 날 안 괴롭힐 거라고."

주연이 말을 마치고 주루의 표정을 살피더니 고개를 떨어뜨렸다.

"그래도 나는 못 가겠지?"

주연이 작게 말했다.

"왜 못 가? 갈 수 있어. 형이 25시 사 줄게. 선물은 뭐 하고 싶어? 생각해 둔 거 있어?"

"형, 진짜야? 진짜? 나 가도 돼? 정말? 정말?"

주루가 빙그레 미소 지으며 고개를 끄덕였다. 주연이 펄쩍펄쩍 뛰었다.

그날 주루의 노래는 유독 아름다웠다. 누구도 땅에 발을 딛고 있을 필요가 없었다. 파도 거품이 공중에 차올랐고 매혹적인 향기가 세상을 가볍게 했다.

저녁 무렵 일과를 끝내고 주루와 도치는 광장을 나섰다. 도치는 축구공을 그물망에 넣어 엇걸어 멨다.

"오늘 노래 좋았어."

"들었어?"

"틈이 나서 왔다가…… 네가 주연이랑 하는 얘기도 들었고."

"그랬구나. 묘기는 어땠어?"

"재미있었어. 발 안쪽과 바깥쪽을 이용해 저글링하는 걸로 시작했거든. 앉아서 머리와 발로 배드민턴 치듯이 쳐 내 셔틀콕을 하고 다시 일어나서 뒤꿈치로 공을 차올려 목 뒤로 받았어. 하기 전에는 약간 불안했는데 막상 시작하니 공이 몸에 착 붙어 있는 거 있지? 다리 사이로 공을 집어넣어 돌리고 발끝으로 튕겼어. 희한하게 한 번도 안 떨어뜨렸다니까. 여기저기서 환호성이 터져 나오는데 와, 얼마 만인지! 정말 신 났어."

도치가 꿈꾸듯 먼 곳을 응시했다.

"참, 너 어쩌려고 그래? 주연한테 25시를 사 주겠다고? 그동안 모은 거 입학금에 다 들어갔잖아. 그나마 몇 푼 있는 건 얼마 전 수리 병원비로 빌려 주고. 그날그날 버는 건 수업 준비물 사 주는 것만으로도 빠듯하다며?"

"시간 팔려고."

"정말이야?"

"다들 그 정도는 팔잖아. 수리도 시간 팔아서 수술했고."

"그래도 그건 안 했으면 좋겠어."

도치가 시무룩하게 말했다.

"너도 알잖아. 주연이 학교에서 얼마나 당했는지. 계속 그렇게 내버려 둘 수는 없어."

"그렇긴 하지만……."

"주연에게는 비밀이야. 알지?"

주루가 힘없이 웃었다.

둘은 말없이 걸었다. 해가 길어져 거리는 아직 밝았다. 하루의 피곤이 신열처럼 마음을 산만하게 했다. 둘은 평소에 헤어지던 지점을 지나고도 계속 걸었다.

"우리 하민한테 가 볼까? 주연이 집에서 기다려서 안 될까?"

도치가 시장 골목에 들어서며 말했다.

"갔다 오자. 주연은 오늘 기분 좋아서 내가 좀 늦어도 괜찮을 거야. 나도 하민 본 지 오래됐어."

둘은 시장에서 먹을거리를 사 들고 하민을 찾아갔다.

도치는 주루의 뒤에 바싹 붙어 철제 계단을 올라갔다. 난간의 녹이 손에 묻어났다. 둘이 옥상으로 올라갔을 때 하민은 나무를 깎고 있었다.

"하민아, 우리 왔어. 주먹밥이랑 사과 사 왔는데, 밥 먹었어?"

주루가 말했다.

하민은 잠시 손을 놓았지만 고개를 돌리지는 않았다.

"광장에도 통 안 나오고. 어떻게 지냈어?"

도치가 물었다.

"그냥."

하민이 퉁명스럽게 말했다. 주루가 코펠에 물을 부어 사과를 씻었다. 하민은 물끄러미 주루를 바라보았다. 주루는 지쳐 보이긴 했지만 맑고 시원한 얼굴은 그대로였다. 살아 움직이는 눈동자, 비 갠 하늘과 같은 옆얼굴, 윤곽이 뚜렷한 턱이 아름다웠다. 갑자기 하민의 얼굴이 씰룩거리더니 눈물이 고였다. 하민은 친구들이 눈치채기 전에 얼른 고개를 돌리고 다시 나무를 깎았다. 하민도 자기 마음을 알 수가 없었다. 바탕구역의 생활이 진절머리 나면서도 떠날 수가 없었다. 주루는 사과를 씻어 그릇에 담아 주고 물을 떠 오겠다고 했다. 하민이 됐다고 만류했지만 주루는 빈 병들을 지고 내려갔다.

하민은 별수 없이 도치와 마주 앉아 주먹밥과 사과를 먹었다. 음식을 막상 입에 대니 식욕이 돌아 게걸스럽게 먹었다.

"지팡이 만들어?"

도치가 물었다. .

"지팡이는 이제 안 만들어."

"그럼 뭐 만들어?"

하민은 대답하지 않았다. 대신 사과를 와삭와삭 베어 먹었다. 해가 지고 있었다. 아침이면 가장 먼저 환해지는 수직도시가 저녁이면 가장 먼저 어두워졌다. 수천 개의 창들이 빛을 잃고 눈이 멀었다.

주루가 등을 흠뻑 적시며 물을 떠 왔다. 셋은 둘러앉아 이런저런 얘기를 나눴다. 하민은 오랜만에 쾌활함을 되찾았다. 별로 우습지도 않은 얘기에 도치와 주루가 자지러지게 웃었다. 아름다운 여름밤이 바탕구역에 찾아들고 있었다. 어둠이 사방에서 올라왔다. 미풍이 부드럽게 불어왔다. 대로 쪽의 노점들이 하나둘 야간 등을 밝혔다. 하민은 문득 자기가 진짜 바탕구역의 아이라면, 할아버지를 따라 지팡이를 만들다 혼자 남은 가엾은 아이라면 얼마나 좋을까 하고 생각했다. 그러나 하민은 바탕구역의 아이가 아니었다. 자기를 향해 웃는 주루와 도치를 보는 게 가슴 아팠다. 희미하고 뜨거운 것이 내부에서 솟아올랐다. 자기가 이 아이들의 삶을 망쳐 버릴 것만 같았다.

'터무니없는 생각이야.'

하민은 단호하게 생각을 중지시켰다.

"이제 돌아가."

하민이 냉정하게 말했다. 주루와 도치는 놀라 멈칫했지만 이내 일어났다.

"또 올게. 끼니 거르지 말고."

도치가 발길이 떨어지지 않는지 몇 번이고 돌아보았다. 하민은 주루와 도치가 가는 걸 보지도 않고 헤드 랜턴을 켜고 나무를 깎기 시작했다. 둘의 발소리가 멀어지고 나서야 하민은 랜턴을 끄고 계단을 내려다보았다. 어둠 속에 섞여 든 흐릿한 두 아이의 모습을 조금이라도 더 보려고 몸을 내밀었다.

"봤어?"

골목길을 돌아 나오며 도치가 물었다.

"뭘?"

"내가 너한테 그려 줬던 잠자리 그림. 하민이 그걸 여태 버리지 않았나 봐. 조각칼 옆에 있더라고."

"그래? 잠자리 조각은 예전에 벌써 해 줬는데……. 왜 또 만들지?"

둘은 내리막길이 시작되는 곳에서 헤어졌다. 도치는 걷다 말고 멀어지는 주루를 돌아보았다. 어딘지 주루의 모습이 쓸쓸해 보였다. 그 뒷모습을 바라보는 도치도 쓸쓸해졌다.

토요일 아침 주루는 세 시간을 팔았다. 자판기가 세습 지폐 세 장을 뱉어 냈다. 그걸로 주루는 25시를 샀다. 25시는 가지고 있는 칩에 충전할 수도 있었고 일회용 칩으로 받을 수도 있었다. 일회용 액체 칩이 든 주사기를 손에 쥐고 주루는 서둘러 집으로 향했다.

주연은 커다란 비눗방울을 만들 수 있는 비눗방울 스틱을 선물로 준비했다. 주연은 그 길쭉하고 둥그런 것을 포장해 보겠다고 낑낑대고 있었다.

"형, 이상하지?"

"포장 안 하는 게 낫겠어."

"아, 어떡해. 이렇게 어려울 줄 몰랐는데. 근데 형, 어디 갔다 와?"

주연이 엉망으로 구겨진 포장지를 난감하게 만지작거리며 물었다.

"25시 사 왔어."

"와! 형 최고! 만세! 어디 봐 봐. 어디 있어?"

주루가 주머니에서 주사기를 꺼냈다.

"그거야? 그게 시간이야?"

"응. 시간이 들어 있는 액체 칩이야. 이걸 몸에 삽입해야 네 몸이 25시를 감지할 수 있어."

"주사 맞아야 돼?"

"굉장히 아플 텐데 어쩌지?"

주루가 짐짓 심각하게 말하자 주연이 얼어 버렸다.

"걱정 마, 별로 안 아프대. 하랑네 집은 어딘지 알아?"

"나래가 약도 그려 줬어."

"찾을 수 있겠어?"

"이따 형이 데려다 주면 안 돼? 올 때는 자고 내일 오니까 환할 때라 괜찮은데 갈 때는 밤이잖아."

주연이 주루의 다리에 찰싹 달라붙었다.

"지금부터 형 얘기 잘 들어."

주연이 긴장했다. 주연은 주루가 조금만 진지해 보여도 움츠러들었다. 형이 자기를 버리겠다는 말을 할까 봐 겁이 나는 것이었다. 그런 일 없을 거라고 아무리 안심을 시켜도 주연의 눈엔 눈물이 그렁그렁 맺혀 버렸다. 주루는 주연의 머리를 쓰다듬으며 차분하게 말했다.

"형이 오늘 밤에 어딜 좀 가야 돼. 21시 전에 나갈 거야. 그러니 주연이 혼자 준비하고 가야 돼. 할 수 있겠어?"

"어디 가는데?"

"중요한 일이 있어. 하랑네 집 모르겠으면 밥 먹고 형이랑 미리 가 볼래?"

"형, 멀리 가는 거 아니지? 금방 오지?"

"잠깐 갔다 오는 거야."

"정말이지? 정말 오는 거 맞지?"

"정말이고말고."

"그럼 됐어. 하랑네는 같이 안 가봐도 돼. 찾을 수 있을 거야."

"밤인데 괜찮겠어?"

"생각해 보니 난 밤새 밖에 있었던 적도 있잖아."

주연이 방긋 웃었다.

21시가 되기 전에 주루는 밖으로 나갔다. 주연은 형과 씩씩하게 인사했다. 그런데 방으로 돌아오고 나니 기분이 이상했다. 등골에서 가벼운 전율이 느껴졌다. 중요한 것을 잃어버린 것 같았

다. 주연은 떨리는 입술을 내밀고 흐느껴 울기 시작했다. 생일파
티에 갈 때까지 서럽게 울어 댔다.

12
생일파티

하랑의 집 앞에는 고급 승용차들이 늘어서 있었다. 다른 아이들은 차로 부모님이 데려다 주었다. 아직 25시가 되려면 십 분 정도 남아 있었다.

"주연아."

막 도착한 주연을 나래가 반갑게 아는 척했다. 나래는 새하얀 원피스 차림에 가느다란 파란 리본을 허리에 묶고 있었다.

"너 혼자 왔어?"

"응."

나래는 학교에서 주연과 친하게 지내는 유일한 친구였다.

"형이 안 데려다 주고?"

"형?"

"네가 만날 얘기하는 니네 형."

"그게 누군데?"

"노래 잘한다고 자랑했잖아. 주루 오빠 말이야."

"몰라. 누구 얘기하는 거야?"

"아휴, 답답해. 너 갑자기 왜 그래?"

"내가 뭘? 네가 이상한 소릴 하니까 그러지."

"야, 너희 안 들어오고 뭐 해? 빨리 들어와."

하랑이 대문 밖으로 나와서 소리쳤다. 나래와 주연은 손을 잡
고 후다닥 안으로 들어갔다.

집에 들어선 아이들은 입이 딱 벌어졌다. 넓은 초석 위에 높다
란 담을 두른 실내 정원이 색색가지 불빛으로 대낮처럼 빛나고
있었다. 잘 가꿔진 정원엔 포도 넝쿨이 우거졌고 아름다운 나무
들에는 복숭아, 석류, 배와 살구, 사과, 무화과, 대추, 레몬이 주렁
주렁 열려 있었다. 부용, 튤립, 히아신스, 아가판투스, 사프란, 시
클라멘 등 온갖 기화요초도 눈길이 닿는 곳마다 신비롭게 피어
있었다. 현관 입구에는 색색가지 보석이 박힌 거대한 도자기가
줄지어 있었다. 둥글고 넓게 퍼진 거실 천장과 윤기 나는 가구들,
세계의 수많은 도시에서 사들인 기이한 장난감과 무늬를 넣어
짠 커다란 비단 천, 벽에 붙어 있는 음악이 나오는 타일, 생각으
로 켜고 끌 수 있는 금으로 된 촛대. 아이들의 눈이 휘둥그레졌

다. 산호, 진주, 감람석, 취옥, 루비를 가득 담아 놓은 바구니가 장난감 사이에 아무렇게나 놓여 있기도 했다. 비취색 문을 열고 들어간 주방 홀에서는 진귀한 풍미를 뽐내는 음식들이 요리되고 있었다. 널따란 식탁 위로 초대받은 아이들의 이름을 새긴 은그릇과 크리스털 잔이 단정하게 차려져 있었다.

하랑의 어머니는 물침대처럼 바닥이 물렁물렁한 엘리베이터에 아이들을 태우고 꼭대기 층으로 올라갔다. 버튼을 누르자 천장이 열리며 사방이 통유리로 된 전망대가 나타났다. 아이들이 시끄럽게 소리치며 각기 적외선 망원경을 한 대씩 차지했다.

"곧 25시가 될 거야. 카운트다운 시작한다. ……5, 4, 3, 2, 1, 제로!"

어머니가 외쳤다. 순간 아이들은 망원경으로 거리에 있는 사람들이 사라지는 걸 보았다. 바탕구역의 허름한 주점 앞에 앉아 있던 주정뱅이가 사라졌다. 더위를 식히려고 속옷 바람으로 나온 노인, 팔짱을 끼고 걸어가던 연인, 패거리로 몰려다니는 소년들이 사라졌다. 아이들은 처음 보는 광경에 얼이 빠졌다. 그러다 일제히 환호성을 질렀다.

아이들은 허겁지겁 먹고 마셨다. 비단 천을 뒤집어쓰고 뛰어다니고 커다란 피아노 건반으로 된 소리 나는 계단을 쿵쾅거렸다. 어떤 아이들은 야광 검과 휘어지는 총알이 발사되는 총을 가지고 전쟁을 벌였다. 그네침대에 누워 노래를 부르는 아이도 있었다. 무엇을 하건 시간이 빠듯했다. 아이들은 어느 한 가지를 가지고 오 분도 놀지 못하고 집어던졌다.

25시가 이십 분쯤 남았을 때 아이들은 숨바꼭질을 시작했다. 주연과 나래는 하랑과 함께 숨을 곳을 찾았다.

"우리 저기 숨자."

하랑이 발꿈치를 들고 사뿐사뿐 걸으며 테라스 근처에 있는 커다란 책 모형 소파를 가리켰다.

"저 옆에 숨으면 금방 들킬 거 같은데?"

나래가 속삭였다.

"아니, 여기."

하랑이 소파의 윗부분을 들추자 제법 널찍한 공간이 나타났다.

나래와 주연이 마주 보고 씩 웃더니 얼른 그 속으로 들어갔다. 아이들은 어둠 속에 웅크리고 앉아 입을 막고 키득거렸다. 땀에 젖은 아이들의 몸에서 기분 좋은 열기가 뿜어져 나왔다.

"주연아, 너 왜 아까 니네 형 모른다고 했어?"

나래가 물었다.

"몰라. 내가 왜 그랬지?"

주연이 고개를 갸우뚱거렸다.

"그치? 너 형 있는 거 맞지?"

"응. 근데 아까는 진짜 생각이 안 났어."

"무슨 얘기 하는 거야?"

하랑이 끼어들었다. 순간 소파의 윗부분이 열리며 술래가 소리 쳤다. 세 아이가 동시에 뛰쳐나갔지만 달리기를 못하는 주연이 술래가 되었다.

주연이 벽에 붙어 숫자를 세는 동안 아이들이 분주하게 흩어졌다.

"18, 19, 20. 찾는다!"

주연이 눈을 뜨고 주위를 둘러보았다. 거실은 고요했다. 가구와 벽, 꽃병과 조명 들이 자기를 쳐다보고 있는 것 같았다. 마치 인간을 잡아먹는 거인의 집에 몰래 들어온 것처럼 심장이 쿵쾅거렸다. 그때 현관문이 열렸다. 주연은 털썩 주저앉을 뻔했다. 하민이었다.

"어? 누나?"

주연이 자기도 모르게 안도의 한숨을 내쉬었다.

"너 왜…… 여기 있어?"

"나 하랑의 생일파티에 왔는데, 누나는?"

"그게, 나는……."

색깔이 변하는 커튼 뒤에 숨어 있던 하랑이 뛰어나왔다.

"언니!"

하랑이 하민에게 달려들었다.

"너 하민 누나 알아?"

주연이 눈을 깜박이며 물었다.

"우리 언닌데 왜?"

"하민 누나가 너희 언니야?"

"응."

"우와, 그럼 여기가 하민 누나네 집이야? 누나 이렇게 부자였어?"

"주연이 너 우리 언니 알아?"

"우리 형이랑 친구야. 누나, 이렇게 부자여서 다행이다. 우리 형이랑 도치 형이 누나 걱정 많이 했거든."

순간 하민은 당황해 자기가 왜 집에 왔는지 잊어버렸다. 하랑에게 생일 선물을 주려고 잠깐 들른 것이었다.

"저기, 주연아, 형한테는 말하지 마."

"왜?"

"너한테는 지금 설명해도 몰라. 부탁할게. 주루한테 누나 여기서 봤다는 말 하지 마. 응? 도치한테도."

"다들 좋아할 텐데……."

"말하지 마. 약속해. 지킬 거지?"

하민이 억지로 새끼손가락을 걸며 다급하게 말했다. 너무 세게 손가락을 잡아당겨 주연은 아픔을 느꼈다.

"알겠어, 누나. 약속해."

주연이 겁을 먹고 대답했다. 하민은 주연에게 몇 번 더 다짐을

받고 서둘러 집을 나왔다. 대문을 나오고서야 지금이 25시라는
게 떠올랐다.

'세상에! 주연이 무슨 돈으로 25시에 온 거야? 설마 주루가 시
간을 판 거야?'

갑자기 주루와 도치가 못 견디게 보고 싶었다. 하지만 그들은
존재하지 않았다. 25시 어디에도 그들은 없었다. 하민은 한동안
우두커니 그 자리에 서 있었다. 동생에게 주려던 선물을 그대로
들고 있다는 걸 깨닫지 못했다.

13
26시

25시가 끝나자 여기저기 흩어져 놀던 아이들이 전부 전망대에 나타났다. 25시가 시작되기 전에 있었던 장소로 돌아오게 된 것이다. 아이들은 갑자기 한곳에 모인 게 신기해 서로를 가리키며 깔깔댔다. 그러곤 다시 흩어졌다. 하지만 25시만큼 재미있게 놀지는 못했다. 25시에서는 생생했던 아이들이 하품을 하며 축축 늘어졌다. 자정은 아이들이 깨어 있기엔 늦은 시간이었다. 숨바꼭질은 흐지부지되었고 아이들은 아무 데서나 잠이 들었다. 어머니는 잠든 아이들을 찾아다 일일이 방으로 안아 옮겼다.

주연과 나래는 하랑의 방에 있었다.

"주연아, 자지 마. 우리 끝말잇기 할래? 아니면 색깔 찾기 놀이? 이야기 이어 짓기는 어때? 야아, 자지 마."

나래가 주연을 흔들어 댔다. 주연은 버텨 보려 했지만 자꾸만 눈이 감겼다.

"시간이 더 있으면 좋을 텐데⋯⋯. 25시에서는 하나도 안 졸렸는데⋯⋯."

주연이 하품을 했다.

"25시는 새로운 시간이라 그래. 그래서 졸리지도 피곤하지도 않아."

하랑이 자랑스럽게 말했다.

"그런 시간이 더 많았으면 좋겠어. 26시도 엄청 재미있겠지?"

나래가 말했다.

"너 아직도 26시 안 가 봤어?"

"응."

나래의 대답에 하랑의 눈이 동그래졌다.

"에이, 미개인."

나래가 하랑을 흘겨보았다.

"부모님한테 26시 사 달라 그래. 26시에 문을 여는 놀이동산도 있고 인형 가게랑 크레페 가게도 있어. 이번 주가 내 생일 주간이라 어머니가 크로노스 시간도 실컷 주고 재미있는 데도 많이 데려갔어."

"우리 엄마는 밤늦게 다니는 거 싫어해. 이번에도 간신히 허락

받은 거야. 주연 때문에 엄청 졸라서 온 거야. 주연이 애들한테
하도 괴롭힘을 당하니까. 네 생일파티에 왔다 가면 무시하지 않
을 것 같아서."

"뭐야? 나 때문에 온 게 아니라 주연 때문에 온 거라고?"

하랑은 기분이 상했다.

"너 설마 주연이 좋아해?"

하랑이 쌀쌀맞게 물었다.

"응."

"얘네 진짜 웃기네. 재수 없어. 그리고 26시는 밤늦은 시간이
아니라 새로운 시간이야. 우리 어머니가 그랬어. 25시부터는 숨
쉬는 것부터 다르다고. 그 공기는 아주 특별한 거라고."

하랑이 화가 나 말했지만 나래는 듣는 둥 마는 둥 입만 삐죽거
렸다.

그새 주연은 엎드려 자고 있었다. 나래가 주연을 사랑스럽게
바라보았다.

"주연이 귀엽지 않아?"

"우엑! 난 사실 주연이 못 올 거라고 생각하고 초대한 거야."

하랑이 새침하게 말했다.

"어? 왜?"

"네가 주연과 친해서 장난으로 초대한 거야. 진짜 올 줄은 몰
랐어. 쟨 바탕구역에 살잖아. 그런 애가 25시에 온다는 게 말이

돼?"

"왜 안 돼? 주연은 왔잖아."

"그래, 그러니까 놀랐지. 난 주연이 못 오면 왜 초대받고도 안 왔냐고 막 화를 내려고 했거든. 그럼 재밌었겠지?"

하랑이 심술궂게 웃었다.

"너 못됐다."

"솔직히 우습잖아. 바탕구역에 사는 주제에 우리 학교에 다니고. 오늘 입고 온 옷 꼴도 그래. 학교 다닐 땐 그렇다 치더라도 어떻게 내 생일파티에 저런 옷을 입고 오냐? 바지 무릎에 천 덧댄 거 봤어? 나 진짜 토 나올 뻔했어. 정말 기본 예의도 없어."

"그거 호랑이야. 낡아서 덧댄 게 아니라 호랑이가 멋있어서 장식한 거야."

"치, 웃기고 있네."

"진짜야, 주연이 안 가난해. 주연아, 주연아."

나래가 난데없이 주연을 깨웠다. 주연은 그새 잠이 깊이 들어 쉽사리 일어나지 못했다.

"주연아, 너 돈 있지?"

"어?"

가까스로 일어난 주연이 반쯤 감긴 눈으로 멍하게 나래를 보았다.

"하랑이 너를 무시하잖아. 바탕구역에 산다고. 그래도 너 돈 많지? 너희 형이 돈 많이 번다고 했지?"

"응, 우리 형 돈 많이 벌어."

주연이 어눌하게 말했다.

"거봐, 얘네 형이 돈 많이 번다잖아."

나래가 의기양양해졌다.

"치, 그래 봤자 얼마나 되겠어."

"25시도 샀잖아."

"요즘에 누가 25시를 못 사? 그럼 26시도 살 수 있어?"

하랑이 경멸하듯 웃으며 주연을 쳐다보았다.

"당연하지."

나래가 씩씩대며 대신 대답했다.

주연은 나래와 하랑이 무슨 얘길 하는 건지 도통 알 수가 없었다.

"그럼 오늘 26시에 만날래?"

하랑이 눈을 가늘게 뜨고 입술을 앙다물었다.

"좋아, 어디서 만날까?"

"25시에 우리 집으로 와. 그럼 내가 어머니에게 26시에 문을 여는 놀이동산에 데려가 달라고 할게. 어때?"

"알았어."

나래가 대답했다.

그날 아침, 집으로 돌아오는 주연의 마음이 무거웠다. 26시에 가고 싶었다. 나래가 약속을 했기 때문만은 아니었다.

'26시에 가면 하랑이 나를 다르게 볼지 몰라. 어쩌면 나를 좋아하게 될지도 모르고……'

그런 생각을 하자 주연은 마음이 설레었다. 그러나 곧이어 형 생각이 나자 침울해졌다.

'형에게 26시를 사 달라고 해도 될까? 돈이 많이 들겠지. 돈이 있을까? 아니야, 형은 25시도 사 줬잖아. 26시도 사 줄 거야. 형은 광장에서 제일 인기 있는 사람이잖아. 매일매일 돈도 많이 벌고. 걱정할 거 없어.'

주연은 애써 그렇게 생각했다.

자정이 넘어 집으로 돌아온 주루는 아침이 될 때까지 잠을 이루지 못했다. 주루는 어제 21시가 되기 전에 밖으로 나가 거리를 걷고 있었다. 문득 공허한 기분이 들었다. 자신의 존재가 쓸모없이 여겨졌다. 갑자기 삶 밖으로 밀려난 것 같았다. 주루는 한순간 거리의 풍경이 미묘하게 달라진 걸 느꼈다. 거리에 있던 사람들이 바뀌었다. 시계를 보니 어느덧 자정이었다. 21시의 거리에 있던 사람들은 눈앞에서 주루가 사라지는 걸 보았다. 몇몇 사람들이 당황해 걸음을 멈추었다. 빈번하게 겪는 일이면서도 이런 풍경은 좀처럼 익숙해지지 않았다.

주루는 곧장 집으로 돌아갔다. 주연은 가고 없었다. 주루는 옷도 벗지 않고 바닥에 누웠다. 아무 의욕이 없었다. 잠이라도 자고 싶었지만 잠도 오지 않았다. 주루는 주머니 속의 잠자리 조각을 손에 쥐고 밤새 눈을 감고 있었다.

주연이 집에 왔을 때 주루는 퀭한 모습으로 누워 있었다. 주연은 형이 낯설게 느껴졌다.

"주연이 왔어? 생일파티 재미있었어?"

주루가 돌아누웠다.

"형 어디 아파?"

"그냥 기운이 없어서. 아침은 먹었어?"

"응. 엄청 많이. 구운 독거미랑 기린 바비큐랑 발채버섯 탕면이 랑 부드러운 캐셜 블루 치즈랑 꿀벌 애벌레…… 그리고 돼지 피가 섞여 있는 카산카 소시지도 먹었어."

주연이 재잘대는 걸 듣다가 주루는 설핏 잠이 들었다.

주연은 오전 내내 형 주위를 맴돌았다. 26시 얘기를 해야 하는데 입이 떨어지지 않았다. 점심때가 되어서야 주루가 일어났다. 상태가 나아진 것은 아니지만 주연의 점심을 챙겨야 했다.

"형 나가서 먹을 거 사 올게."

주루가 나갈 채비를 하다 현기증이 일어 잠시 벽을 잡고 섰다. 주연은 더 참지 못하고 형에게 26시 얘기를 꺼냈다. 주루는 눈앞이 아득해졌다. 당연히 안 된다고 해야 했다. 주루가 아무 말도 안 하고 있자 주연이 처음으로 칭얼댔다. 뺨이 빨갛게 달아오르더니 점점 심하게 떼를 썼다. 눈물콧물이 범벅된 주연이 발을 구르며 악을 썼다. 주연은 자기도 모르게 원한에 사무쳐 주루를 바라보았다.

주루는 한마디도 할 수 없었다. 혀는 부서진 것 같았고 귀는 윙윙 울렸고 몸은 땀으로 젖어 들었다. 주루의 살갗 밑으로 불길이 스며들어 그의 생각과 의지를 바삭바삭 태웠다.

"사 줄게."

주루가 신음하듯 내뱉었다.

밖으로 나온 주루는 천천히 걸었다. 찬바람이 열이 오른 이마를 파리하게 식혔다. 주루는 머릿속으로 계산을 시작했다. 한 시간은 세 시간과 맞바꿀 수 있지만 두 시간은 아홉 시간과 맞바꿔야 했다. 지금은 12시 30분이었다. 팔 시간은 충분히 있었다. 그러나 자판기에서는 하루에 최대 여덟 시간밖에 팔 수 없다. 26시를 사기엔 한 시간이 부족했다.

주루는 거리를 헤매 다니다 자판기에서 여덟 시간을 팔고 세 슘 지폐 여덟 장을 받았다. 13시 10분이었다. 서둘러야 했다.

주루는 마음을 굳히고 전당포를 찾아갔다. 핍에게 말로만 듣던 곳이었다. 폭이 좁은 계단을 내려가 곰팡이 냄새 풍기는 지하로 들어갔다. 주루는 어둠 속에서 벽을 더듬어 문을 찾았다. 차가운 금속 고리가 손에 닿았다. 쇠창살이 달린 무거운 문을 열자 미러볼이 돌아가며 "어서 옵쇼!" 하는 기계음이 경박하게 울렸

다. 주루는 안으로 들어갔다. 미러볼의 빨강, 보라, 초록, 주황빛
이 돌벽에 붙어 있는 쇠사슬과 도끼, 박제된 곤충 표본을 현란하
게 비추었다. 주루는 소름이 끼쳤다.

불투명한 유리 칸막이에 손만 드나들 수 있는 작은 구멍이 뚫
려 있었다. 그 안에서 흙탕물이나 다름없는 허황된 목소리가 고
함을 쳤다.

"얼마가 필요해?"

사방의 돌벽이 밀착되며 메아리쳤다.

"세슘 지폐 한 장요."

주루는 낯선 무력감에 사로잡혀 몸을 떨었다.

"두 시간 내놔."

주루는 재빨리 머릿속으로 계산을 했다. 그렇게 되면 총 열 시
간을 파는 셈이었다. 그럼 14시부터 사라지게 될 것이다.

"단말기에 손가락 대."

유리벽 안의 목소리가 소리쳤다. 주루는 시키는 대로 했다. 곧
세슘 지폐 한 장이 구멍으로 휘릭 미끄러져 나왔다. 주루는 재빠
르게 그것을 받아 주머니에 넣고 도망치듯 전당포를 빠져나왔다.
"안녕히 가십쇼!" 하는 기계음이 계단 중간까지 따라왔다.

주루는 뛰었다. 서둘러야 26시를 사고 먹을 것을 사서 주연에
게 가져다줄 수 있었다. 그러나 주루는 마음만큼 빠르게 뛰지 못
했다. 숨이 가빠 자꾸 멈춰 섰다.

"주루야, 어디 가?"

광장으로 이어지는 좁은 골목에서 도치와 마주쳤다.

"무슨 일 있어? 안색이 왜 그래?"

"나 지금 바빠. 나중에 봐."

"무슨 일인데? 어디 가는데?"

주루는 도치를 지나쳐 빠르게 골목을 벗어났다.

자판기에서 26시를 사고 시장에서 주먹밥과 사과 두 알을 샀다. 13시 50분이었다. 주루는 위태롭게 달렸다. 집에 도착해 방에 내던지듯 26시와 먹을 것을 내려놓았다.

"그거 먹고 26시 잘 다녀와. 형은 나가."

"형!"

주연이 불렀지만 돌아볼 수 없었다. 주연의 눈앞에서 사라질 수는 없었다. 주루는 현관문 밖으로 뛰쳐나왔다. 순간 사라졌다.

도치는 주루와 헤어지고 걷다 아무래도 이상한 생각이 들어 주루를 찾아다녔다. 그러다 한순간 멍해졌다.

'내가 왜 여기 있지? 뭐 하려고 했었지?'

도치는 의아해하며 광장으로 터덜터덜 걸었다.

14
천사클럽

26시에 간 뒤로 주연의 학교생활이 순조로워졌다. 하랑은 주연이 맞춤법을 틀릴 때마다 핀잔을 주었지만 주연의 날렵하고 확고한 글씨체는 예쁘다고 생각했다. 주연을 괴롭히던 다른 아이들도 제법 놀이에 끼워 주었다. 주연은 친구들과 어울리기 위해 종종 25시에 갔다. 그때마다 주루는 시간을 팔았다.

주루는 여전히 광장에서 노래를 불렀다. 하지만 예전과는 어딘가 달랐다. 목소리는 변함없었지만 감동이 없었다. 주루는 기분과 다른 표정을 짓고 있었고 드물게 무분별한 상태에 빠지기도 했다.

"네 노래가 변했어."

도치가 말했다.

"그러게."

"시간을 자꾸 팔아서 그런 거 아냐?"

"그럴지도 모르지. 덕분에 주연은 잘 지내잖아."

"이제 그만해야 돼. 주연도 친구들과 친해졌으니 괜찮을 거야."

"나도 그러려고 하는데 막상 주연이 시간을 사 달라고 하면 해 주게 돼."

"밑 빠진 독에 물 붓기야."

"문득 이런 생각이 들더라. 밑 빠진 독에 물 붓기면 어때? 물을 아주 열심히 붓다 보면 독을 채울 수 있을지도 몰라. 끝내 독을 채우지 못한다 해도 흘러나간 물이 땅을 적셔 주지 않을까."

"땅은 적셔서 뭐하게?"

"혹시 모르지. 그곳에 숨어 있던 씨앗이 꽃을 피울지도. 어느 날 우리 주연이 길을 지나다 그 꽃을 보게 될지도."

주루의 말을 듣다 보니 도치도 그 꽃이 보고 싶어졌다. 그러나 이내 정신을 차렸다.

"마음 단단히 먹어. 그만이야, 응?"

주루가 느릿느릿 고개를 끄덕였다.

"시간 판매 방식도 바뀌었잖아."

"지난주부터였나?"

"이제 세슘 지폐에 유통기한이 붙어서 세슘 지폐를 당일에 다 써야 해. 그러지 않으면 종이 쪼가리가 되어 버리잖아."

저쪽에서 수리가 목발을 짚고 걸어가는 게 보였다. 수리는 595프놈짜리 스팽글 톱에 레몬색 레깅스를 레이어링한 158프놈짜리 반바지를 입고 있었다. 그 옷들은 졸랑구역의 멀티숍에서 산 것이었다. 멀리서도 단번에 눈에 띌 정도로 바탕구역 사람들이 입고 다니는 옷과는 색감 자체가 달랐다.

"수리네."

도치가 말했다.

"오랜만이네."

"발목이 아직 안 나았나 봐."

"부러진 뼈가 붙으려면 시간이 걸리겠지."

"어딜 저렇게 가는 거지?"

수리는 시간을 판 돈으로 수술을 하고 이 주간 20인용 천막 병실에 입원해 있다 나왔다. 이번에 나올 때는 목발을 빌렸다. 친구들에게 빌린 돈도 갚았다. 수리는 계단을 오르내려야 하는 불편한 건물에서 엘리베이터가 있는 호텔로 이사했다. 다리가 불편하니 식사를 가져다주고 화장실도 딸려 있는 호텔이 편리했다.

수리는 시간을 팔아 생활했다. 하루에 여덟 시간씩 팔았다. 매일 800프놈이 손에 들어왔다. 금방 돈을 모아 살 만한 방을 구해 호텔에서 나갈 생각이었다. 하지만 생각만큼 돈이 모이지 않았다. 발목 때문인지 수리는 자주 피곤을 느꼈다. 조금만 움직여도 몸이 늘어지고 멍해졌다. 그럴 때면 수리는 뭔가 입맛을 톡 쏘는 맛있는 게 먹고 싶었고 재미있는 게 보고 싶어졌다. 예전에는 꿈도 꾸지 않았던 물건들도 그런 순간엔 '뭐 어때?' 하며 쉽게 사들였다. 그러다 정신이 들면 터무니없이 써 버린 돈을 헤아리며 자책했지만 다음 날이면 같은 생활을 반복했다. 수리는 다리를 절뚝거리며 맛있는 음식을 사 먹고 극장에 가서 깔깔대고 실컷 쇼핑을 했다.

수리가 자기만을 위해 돈을 쓰는 것은 아니었다. 가진 게 없었을 뿐 천성적으로 남에게 베풀기를 좋아하는 수리는 친구들 선물을 샀고 특히 효안에게는 뭐든 사 주고 싶어 했다. 하지만 효안과의 사이는 삐걱거렸다. 둘 사이에 반투명한 장막이 드리워진 듯했다. 수리는 효안을 찾아갔다가 몇 번 허탕 치고는 답답한 마음에 중고 클레버폰을 샀다. 사고 나서야 효안이 클레버폰을 가지고 있지 않다는 데 생각이 미쳤다. 졸랑구역에선 누구나 다양한 형태의 최신형 클레버폰을 부착하고 다녔지만 바탕구역 아이들에겐 꿈도 꾸지 못하는 기기였다. 기기값도 만만치 않았지만 매달 청구되는 통신료를 감당할 수 없었다. 수리는 걸 데도 없는 클레버폰을 신주단지 모시듯 들고 다녔다. 팔찌 형태로 된 클레버폰이었지만 이음새가 헐거워져 팔에 찰 수는 없었다.

로터리 광장의 아이들은 매일 한두 시간씩 시간을 팔기 시작하며 관계가 소원해졌다. 일을 그만둔 아이들도 많았다. 그 많은 시간 중 겨우 한두 시간이 사라진 것인데도 다들 하루가 빠듯해졌다. 전에는 약속 없이도 수시로 만나던 아이들이 이제 각자의 시간 속에 갇힌 듯했다.

대로 너머로 사라졌던 수리가 광장으로 돌아왔다.

"도치야."

수리가 아픈 다리로 허겁지겁 걸어왔다.

"거기 있어. 내가 갈게."

도치가 수리 쪽으로 뛰어갔다. 주루는 안쓰럽게 수리를 바라보았다.

"그렇게 막 걸어 다니면 어떡해?"

"급해서 그래. 효안 보면 이거 전해 줘. 효안한테 어울릴 것 같아서 샀는데 아무래도 못 만날 것 같아서."

"효안이 좀 있다 광장에 나올 거야. 기다렸다 보고 가. 효안도 네 걱정 하던데."

"아냐, 나 얼른 가 봐야 돼. 그리고 효안이 나 보면 잔소리만 할 거야. 세슘 지폐에 당일 유통기한이 붙은 뒤로는 정신없어 죽겠어. 돈 쓰는 것도 일이야. 그래도 어떡해, 좋은데. 이렇게 바뀐 게 차라리 잘된 거 같아. 예전엔 돈 쓰면서 죄책감 느꼈는데 이제 어차피 모을 수도 없으니까. 뭐든 사는 게 남는 거지."

"발목 생각해서 쉬어야지. 돌아다니지 말고."

"발목이야 비싼 돈 들여 수술도 했으니 낫겠지."

수리가 총총 멀어져 갔다.

주루와 도치는 썰렁해진 광장을 바라보다 일어났다. 하민은 도통 모습을 보이지 않았다. 도치가 한번씩 찾아갔지만 가벼운 몇 마디를 주고받을 뿐 그 이상은 상대해 주질 않았다. 도치와 헤어지고 주루는 나른한 피곤을 느끼며 걸었다. 감정이 무뎌져 주변의 것들이 하찮고 생기 없어 보였다. 세상 어느 것도 고정되지 않은 채 아무 데서나 무너져 내리고 있는 것 같았다.

주루는 잠시 걸음을 멈췄다. 뜨거운 태양이 도로가에 서 있는 편백나무 사이로 아름다운 빛을 뿌렸다. 주루는 미소를 띠며 나무 곁으로 다가갔다. 몇 줄기 연청색 섬광이 나무 아래 수많은 빛깔을 만들었다. 그중 한 줄기가 주루의 정맥을 타고 지나며 장밋빛을 띠었다.

주루가 집으로 돌아왔을 때 주연이 문턱에 앉아 뾰로통해 있었다.

"왜 그래, 주연아?"

주루가 주연의 옆에 앉아 물었다.

"형, 우리도 졸랑구역으로 이사 가면 안 돼?"

"왜? 누가 뭐라고 해?"

"그냥 자존심이 상해서."

"그런 건 자존심 상해할 일이 아니야. 자존심은 네가 부끄러운 행동을 했을 때 상하는 거야."

"몰라, 난 여기 사는 게 싫어. 창피해. 내 친구들은 아무도 이런 데 안 살아."

주연은 저녁내 투정을 부렸다. 집에 뜨거운 물이 나오지 않는다, 공동 화장실이 멀다, 침대가 없다, 천장이 낮다, 하수구 냄새가 난다, 먹을 만한 음식이 없다, 입을 옷이 없다, 그러다 "나는 왜 이렇게 더럽고 비참해야 해?" 하며 발을 굴렀다. "차라리 마지막 집 엄마가 나아. 거긴 예쁜 옷도 많았어. 맛있는 것도 매일 먹었어. 주스도 많이 마셨어. 아주 커다란 꽃을 가까이서 볼 수도 있었어. 욕조에서 뜨거운 물로 목욕도 했어. 이렇게 거지같이 살진 않았어. 주루 형 싫어. 미워." 하고 소리쳤다.

밤이 되자 배가 고파진 주연이 죽을 달라고 하더니 말없이 먹었다. 그러곤 줄곧 침울한 얼굴로 앉아 있다 주루 앞에 무릎을 꿇고 말했다.

"형, 그럴 마음이 아니었어. 아까 내가 한 말은 진짜 내가 한 말이 아니야. 나도 내가 왜 그랬는지 모르겠어. 아마 어른들이 커서 나쁜 사람이 될 거라고 걱정한 게 옳았나 봐. 내 속엔 정말 그런 게 있나 봐. 주루 형, 형도 내가 싫어지면 버려도 돼. 나는 형을 좋아하기 때문에 내가 형한테 나쁜 짓 하는 걸 참을 수가 없어. 형을 괴롭히느니 차라리 죽어 버리는 게 나아. 지금 당장 나가라고 해도 괜찮아. 그래도 나는 형을 영원히 사랑할 거야. 조금도 미워하지 않아. 죽을 때까지 형 생각만 하다 죽을 거야."

주루가 주연을 편안히 앉히고 등을 토닥였다.

"알아, 주연아. 괜찮아, 울지 마. 형이 잘해 주지 못해서 미안해. 이제 그만 울어."

주루가 수건으로 주연의 얼굴을 닦아 주었다. 주연의 흐느낌은 좀처럼 그치지 않았다.

"형이 노래 불러 줄게."

주루가 주연을 품에 안고 노래를 불렀다. 주연이 주루의 손을 꼭 잡았다. 보드라운 주연의 손에서 순수하고 맑은 체온이 느껴졌다. 주루는 오직 주연을 위해서 노래했다. 숲이 흔들리고 수수 이삭 같은 흰 꽃이 흩날렸다. 싱싱하고 정교한 빛깔로 콩이 여물고 능선이 가을 속으로 펼쳐졌다. 왕겨를 태우는 불의 냄새가 쌀쌀한 바람을 타고 싱그럽게 번졌다. 주연의 흐느낌이 진정되었다.

"나는 형이 노래 부르는 그곳을 알아."

주루의 팔에 얼굴을 괴고 자던 주연이 고개를 들었다. 잠꼬대인지 아닌지 알 수 없었다.

주루는 주연이 푹 잠들고도 노래를 그치지 않았다. 주루는 이것이 자기를 행복하게 하는 마지막 노래라는 것을 알고 있었다.

주연은 차츰 친구들 사이에서 지배적인 위치를 차지하게 되었다. 매체를 통한 지식이나 정보 말고는 별로 아는 게 없는 애들에

비해 주연은 어려서부터 몸소 겪은 무시무시하고 다채로운 이야기를 가지고 있었다.

"그래서 어떻게 됐는데?"

나래가 눈을 반짝이며 긴장해 입술을 물었다.

"나는 담벼락에 바싹 붙었어. 그런데 하필 내 옆에 가로등이 있어서 그림자가 밖으로 보이는 거야."

"아, 어떡해, 들켰어? 잡혔어?"

하랑은 초조해 두 손을 불끈 쥐었다. 대여섯 명의 아이들이 주연을 둘러싸고 있었다.

"그 아저씨가 돌아서서 내 쪽으로 걸어올 거 같았어. 그런 생각을 하자마자 진짜로 아저씨 구둣발 소리가 다가오는 거야. 나는 입을 손으로 막고 숨도 안 쉬었어. 아저씨가 당장이라도 내 목덜미를 잡아채려고……"

수업 시작 종이 울렸다. 아이들은 아쉬워하며 제자리로 돌아갔다.

어느 날 하랑이 주연을 불렀다.

"너 우리 천사클럽에 들어올래?"

"천사클럽?"

주연은 가슴이 두근거렸다. 천사클럽이라면 모든 아이들이 들고 싶어 하는 클럽이었다. 나래도 들어가고 싶어 했지만 받아 주지 않았다. 천사클럽에서는 천사 그림을 그리고 천사가 나오는 책을 읽고 천사에 대한 정보를 교환했다. 그리고 한 달에 한 번 천사 옷을 입고 날개를 달고 모임을 가졌다.

"정말이야? 하지만 난 천사에 대해서 잘 모르는데……."

"괜찮아. 넌 네 진짜 이름도 모르고 부모님도 모르고 여기저기를 떠돌아다녔잖아."

"그게 왜?"

"우리끼리 얘기해 봤는데, 네가 진짜 천사일 거라는 결론이 나왔어."

"뭐라고? 말도 안 돼. 난 천사가 아니야."

"네가 지금 한 말도 바로 천사의 특징 중 하나야. 천사는 대개 자기가 천사란 사실을 잊어버리거든. 우리 클럽에 들어올 거지?"

"정말 내가 들어갈 수 있어?"

"우리가 그렇게 결정했어."

"나래는? 나래도 같이 들어가면 안 돼?"

주연이 아까부터 이쪽을 힐끗거리고 있는 나래를 돌아보며 물었다.

"안 돼. 나래는 천사 날개 다는 것만 좋아하고 천사 나오는 책은 시시하다고 안 읽으려 한단 말이야. 천사를 사랑하는 사람이 아니면 우리 클럽에 못 들어와."

"나래도 천사 좋아해."

"나래는 신경 쓰지 마. 아니, 너는 천사니까 신경 쓰이는 게 당연하겠다. 천사는 마음이 착하니까. 근데 한 가지 조건이 있어."

주연이 긴장했다.

"우린 널 일반 회원으로 받으려는 게 아니야. 왜냐면 넌 진짜 천사니까. 네가 클럽의 리더가 되었으면 해."

주연은 머릿속이 하얘졌다.

"근데 네가 아무리 진짜 천사라 해도 그냥 리더로 받아들일 수는 없어. 한 가지 관문을 거쳐야 하는데……."

"관문?"

"27시에 와야 해."

하랑이 진지하게 말을 이었다.

"네가 우리만큼 부유하지 않다는 건 알아. 하지만 넌 25시에 도 왔고 26시에도 왔잖아. 평범한 바탕구역 아이였다면 그럴 수 없었을 거야. 우린 네가 천사이기 때문에 바탕구역에 살면서도 그럴 수 있다고 생각해. 그러니 27시에도 와. 넌 틀림없이 할 수 있을 거야. 너한테는 너도 모르는 특별한 능력이 있을 테니까. 이 번 주 토요일 27시에 천사 옷을 입고 우리 집에서 널 기다릴게. 네 천사 옷과 날개는 특별히 내가 마련할 거야. 어때, 받아들이겠 어?"

주연은 한동안 말이 없었다. 27시에 가지 못할까 봐 걱정이 되 어서가 아니었다. 천사클럽의 리더가 된다는 생각에 벅차오른 감 정을 순간적으로 감당할 수 없었던 것이다. 별안간 고통스러울 정도로 행복해졌다. 주연은 찬란한 은하수가 떠 있는 밤하늘에서 언젠가 진짜 천사로 이 세상에 내려왔던 것 같은 기분이 들었다. 주연은 하랑의 제안을 받아들였다.

주연은 학교에서 돌아오는 내내 기쁨을 가라앉히지 못했다. 한 걸음 디딜 때마다 몸이 붕 떠오를 것 같아 일부러 돌멩이를 주머니에 집어넣어야 할 정도였다. 주연은 형이 있는 광장으로 곧장 달려갔다.

15

고마워, 바람아

로터리 광장에 장사꾼들이 줄어들면서 광장 주변에 사는 사람들이 빨래를 널기 시작했다. 처음엔 아기를 업은 젊은 여자가 눈치를 보며 현수막을 걸던 기둥에 줄을 매고 빨래를 널었다. 하루이틀 사이에 너도나도 빨래통을 지고 나와 줄을 맸다. 바탕구역에선 어느 집이건 빨래 말릴 곳이 마땅치 않았다.

주루는 광장에 있었지만 노래를 부르지는 않았다. 주루의 노래가 변했다. 선율은 기계적이었고 고음부는 악몽을 꾸며 지르는 비명 같았다. 음과 음 사이에서 진동하던 감동은 사라지고 텅 빈 간격만 어색하게 남았다. 고민, 초조함, 적개심 등 어두운 마음이 들어와 노래를 점점 더 약하게 했다. 주루의 노래를 듣기 위해 일부러 찾아온 사람들이 실망해 자리를 떴다. 화를 내고 돌아가는 사람도 있었다. 주루는 다시 노래해 보려 했지만 제대로 부를 수가 없었다. 어느새 가을이었다. 아침저녁으로 서늘한 바람이 부는 맑은 날들이었다. 새파란 하늘 아래로 한가롭게 빨래가 말라 갔다.

도치는 광장의 스타가 되었다. 며칠 전에 헤딩 오래 하기에 도전해 네 시간 육 분 이십 초를 기록하는 데 성공했다. 기네스북엔 한참 모자라는 기록이었지만 광장에 모인 사람들은 열광했다.

가로 세로 3미터짜리 사각형을 녹색 테이프로 표시해 두고 공이 그 밖으로 넘어가거나 선을 밟으면 실격이었다. 땀으로 흠뻑 젖은 도치는 뒷목과 안쪽 어깨가 마비되는 듯했다. 정신이 흐려졌다. 공이 여러 개로 보이다 어느 순간부터 눈이 따가웠다. 굵은 모래를 뿌려 넣은 것처럼 아팠다. 더는 보이는 게 없었다. 도치는 감각으로만 헤딩했다. 수많은 기억들이 떠올랐다. 그동안 살아온 시간들이 동시에 펼쳐졌다. 도치가 태어나기 이전의 시간들도 나타났다. 도치는 한순간 자신이 사라진 것 같았다. 그러다 다음 순간 극심한 고통과 함께 여전히 헤딩하고 있는 자신으로 돌아왔다. 주루는 멀리서 도치를 지켜보았다. 심하게 일그러진 얼굴로 도치가 허공으로 공을 쳐 내고 있었다. 보이지 않는 세계의 문을 두드리듯 공이 튕겨 올랐다.

사람들이 돌아가고 주루는 벤치에 앉아 있었다. 벤치의 나뭇

결이 거칠어 자칫하면 손에 가시가 박혔다. 멀리서 주연이 달려
왔다. 주루는 일어서서 주연 쪽으로 걸었다. 함께 손을 잡고 집
으로 향했다. 주연이 하랑에게 들은 얘기를 정신없이 쏟아 냈다.
친구들이 자기를 진짜 천사로 생각한다는 말을 할 때는 주연의
몸이 사뿐 가벼워지는 듯했다. 27시를 사는 게 어려운 일일 거란
생각은 아예 들지도 않았다. 주연은 형의 손을 잡고 이리 뛰고 저
리 뛰었다.

"형, 형도 내가 진짜 천사인 것 같아?"

주연이 환하게 빛나는 얼굴로 물었다.

"글쎄."

"나도 처음엔 말도 안 된다고 생각했는데…… 자꾸 생각하다
보니 꼭 진짜 같아."

"진짜 천사면 좋겠어?"

주연이 고개를 끄덕였다.

"그러면 앞으로 나쁜 사람이 될까 봐 걱정하지 않아도 되잖아.
……형한테 못되게 굴고 내내 무서웠어. 내가 진짜 나쁜 사람이
어서 형을 괴롭게 할까 봐."

금세 주연의 눈에 눈물방울이 맺혔다.

"내가 진짜 천사라면 그런 걱정 안 해도 돼. 천사는 원래부터
도 착하고 앞으로도 착할 거니까. 어려서 겪은 슬픈 일들도 내가
천사였기 때문에 겪었다고 생각하면 하나도 안 슬퍼."

주연이 옷소매로 눈물을 슥 닦았다. 주루가 발품을 팔아 겨우 마련한 소매가 긴 옷이었다. 단돈 3프놈밖에 안 했지만 주루로선 기본적으로 들어가는 생활비 외에는 500시렁도 쓰기가 어려웠다. 시장을 몇 바퀴 돌아 겨우 발견한 그 옷을 주루는 깨끗이 빨아 깃을 반듯하게 펴 주연에게 입혔다.

"하랑이 내 천사 옷이랑 날개를 마련해 준다고 했어. 근데 나 날개 달고 진짜 날게 되면 어쩌지? 학교에서 여기까지 뛰어오는 데도 몸이 붕 떠 버릴까 봐 조마조마했어. 하랑네 집은 천장이 높으니까 머리를 찧지는 않겠지? 나래 말로는 요즘엔 집의 평수보다 천장 높은 게 더 중요하대. 천장이 높아야 진짜 부자래. 그래도 갑자기 날게 되면 무서울 거 같은데……."

걱정이 되는지 주연이 심각한 표정을 지었다.

"괜찮아, 물 위에 떠 있을 때처럼 힘을 빼고 몸을 공기의 흐름에 맡기면 저절로 알게 될 거야, 나는 법도."

주루가 주연의 머리를 쓰다듬었다.

그러나 주루가 27시를 살 방법은 없었다. 시간 판매 방식이 바뀌지 않았다면 며칠간 세슘 지폐를 모아 보기라도 하겠지만 이제 그럴 수도 없었다. 시간도 돈도 모래알처럼 손가락 사이로 빠져나갔다. 27시를 사려면 세슘 지폐 스물일곱 장이 필요했다. 그마저도 자판기로는 여덟 시간밖에 팔 수 없어 나머지는 전당포에서 팔아야 했는데 거기선 가격을 제대로 쳐주지 않았다.

주루는 다음 날부터 광장에 나가지 않았다. 광장에 간다 해도 더는 그의 노래를 들을 사람이 없었다. 주연을 학교에 보내고 나면 주루는 종일 밖으로 나가 녹초가 될 때까지 걸어 다녔다. 주루는 자기가 날카로워져 있다는 것을 알았다. 자신이 뭔가를 바라보면 면도칼을 댄 것처럼 잘려 나갈 것 같았다. 그래서 주루는 아무것도 보지 않았다. 대신 시선을 떨구고 자기 자신을 보았다. 주루가 상처 낼 수 있는 건 그것뿐이었다.

막다른 골목에서 도치와 마주쳤다. 도치는 틈날 때마다 주루를 찾아다녔다. 주루의 노래를 들으러 온 사람들이 욕을 하고 돌아갔다는 얘길 전해 들은 뒤 줄곧 주루를 보지 못했다. 아침에 비가 내려 축축한 포석 밑에서 흙냄새가 올라왔다. 주루는 도치가 있는 걸 알면서도 뒤돌아 가려 했다. 도치가 뛰어와 주루를 잡아 세웠다. 도치는 반가움과 원망이 뒤섞여 화를 내듯 말했다.

"너 왜 그래? 대체 뭐 하는 거야?"

주루는 도치를 쳐다보지 않았다. 고개를 수그린 주루의 모습에 도치는 마음이 아렸다.

"괜찮아, 너 다시 노래할 수 있어. 누구나 그럴 때가 있어. 열심히 노력하는데도 엉망이 되어 버릴 때가 있어. 사람들은 변했다고 게으르다고 욕하겠지만 그런 시기는 지나가. 넌 다시 노래하게 될 거야."

"미안해, 너희 엄마 노래가 들릴 수 있게 노래하고 싶었는데,

이제 못 하겠어."

도치는 순간 섬뜩함을 느꼈다. 주루가 당장이라도 눈앞에서 녹아 사라질 것 같았다.

"주루야, 왜 그래? 너까지 왜 그래? 하민도 그러고. 정신 좀 차려."

그러나 주루는 고개를 들지 않았다.

"나 좀 봐. 응?"

"볼 수 없어. 상처 입을 거야."

주루가 나직이 속삭였다.

"내버려 둬. 그러지 않으면 네가 다쳐."

"네 말 못 알아듣겠어."

도치가 주루의 팔을 더욱 세게 잡았다.

"날 봐."

주루가 말하자 도치의 몸에서 힘이 빠져나갔다. 도치의 손이 미끄러졌다. 주루는 그대로 잡풀이 돋아 있는 모퉁이를 돌아 사라졌다.

주루는 버려진 공터 구석에 쭈그려 앉았다. 종일 아무것도 먹지 못했다. 주루는 생각 없이 발밑에 떨어져 있는 젖은 나뭇잎을 보았다. 한참을 그러고 있다 무심코 나뭇잎을 들춰 보았다. 그 밑에서 투명하고 여린 새싹이 삐쭉 올라와 있었다. 겨울이 다가오는 것도 모르는지 낡은 포석을 비집고 떡잎을 밀어 올리고 있었다. 주루는 천천히 주변을 둘러보았다. 어디에서든 풀이 자라고 있었다. 담벼락의 돌 틈에서 어린잎이 뾰족뾰족 움을 틔웠고 가는 줄기가 죽은 나무토막에 하얀 뿌리를 힘겹게 내리고 있었다. 찢어지게 가난한 바탕구역의 수많은 틈새로 씨앗들이 날아들었다. 병뚜껑 속에서, 껌 종이 속에서, 담뱃갑과 부서진 주사위 속에서, 호두 껍데기 속에서 싹이 돋아나고 있었다. 주루는 가슴이 뭉클했다. 오랜만에 정신이 맑아졌다. 자신이 진짜 천사였으면 좋겠다고 말하던 주연의 얼굴이 떠올랐다.

'주연아, 넌 진짜 천사야. 형은 벌써부터 알고 있었어.'

주루가 살며시 웃었다.

전당포는 한쪽 벽이 무너져 내린 커다란 시멘트 건물 지하에 있었다. 몇 개의 미심쩍은 가게들이 세 들어 있을 뿐 대부분은 비어 있었다. 지하로 통하는 철문은 항상 열려 있었다. 철문 위로 무지개색 천막이 봉긋하게 솟아 있었고 옆으로는 '다팔아전당포'라는 간판이 붙어 있었다. 주루는 성큼성큼 계단을 내려갔다. 퀴퀴한 곰팡이 냄새가 오히려 마음을 안정시켜 주었다. 미러볼이 돌아가며 "어서 옵쇼!" 하는 기계음이 경박하게 울렸다. 주루가 안으로 들어서자 불투명한 유리 칸막이 안에서 목소리가 고함쳤다.

"얼마가 필요해?"

"27시."

주루가 무미건조하게 말했다.

"으하하하하하."

칸막이 구멍에서 끔찍한 웃음소리가 터져 나왔다. 목소리는 배꼽을 잡고 바닥을 구르며 웃어 댔다. 목소리가 간신히 일어나 웃음이 간질간질 남아 있는 목구멍으로 소리쳤다.

"터무니없군. 네가 가진 게 부족할 텐데?"

"그건 네 계산이 잘못되었기 때문이야."

"내 계산이 잘못돼? 으하하하하하."

웃음소리가 다시 요란하게 진동했다.

"그렇다면 네 계산은 어떤지 한번 들어 볼까?"

목소리가 갑자기 웃음을 뚝 그치고 음산하게 말했다.

"내가 너한테 파는 건 이십사 시간이 아니야."

"그래? 그럼 뭘 팔 건데?"

"내 목숨."

"으하하하하하."

목소리가 웃다 사레에 걸려 켁켁댔다.

"제법 똑똑한 녀석이군."

"너는 이십사 시간을 고작 하루라고 말하겠지. 하지만 그건 거짓말이야."

"똑똑해. 브라보!"

"오늘 세 시간을 팔아도 내일이면 이십사 시간이 생겨. 오늘 열 시간을 팔아도 내일이면 이십사 시간이 생겨. 하지만 오늘 이십사 시간을 팔면 더 이상 내일은 없어. 현재가 완전히 사라지면 미래도 없어."

주루가 단호하게 말했다.

"으하하하하하, 맞았어, 아주 잘했어!"

목소리가 쩌렁쩌렁 웃어 댔다.

"이십사 시간을 팔겠다는 건 내 목숨을 팔겠다는 거야. 넌 내가 요구하는 대로 줘야 해. 난 내 모든 걸 내놓았으니까."

"좋아, 정답이야! 답을 맞혔으니 네 요구를 들어주지."

주루는 그제야 긴장이 풀리며 몸이 떨려 왔다.

"네가 팔 이십사 시간이 언제야?"

"내일이야."

주루가 힘없이 말했다.

"그럼 자정 삼십 분 전에 여기로 와."

"내가 시간을 팔기 전에 네가 27시를 미리 주지는 않겠지?"

"갑자기 어린애처럼 왜 이러셔? 그럴 리 없다는 걸 잘 알잖아."

"27시 주사기는 파우로 거리에 있는 공용 사물함 13번 칸에 넣어 줘. 비밀번호는 1, 0, 0, 0, 0으로 설정하고. 그 정도는 해 줄 수 있겠지?"

"만약 13번 칸이 사용 중이면?"

"비어 있어. 며칠 동안 지켜봤어. 아무도 쓰지 않아."

"좋아."

주루가 전당포를 나왔다. 다리가 후들거려 기어서 계단을 올라왔다. 밖으로 나오자 찬 바람이 불어왔다. 주루는 천천히 숨을 들이마셨다. 순간 불어온 거센 바람이 온몸을 휘감았다. 전당포의 무지개 천막이 뜯길 듯 사납게 팔락였다.

'고마워, 바람아. 내게 불어와 줘서.'

주루는 움직이지 않고 바람을 맞았다.

16
귀가

하민이 주루네 집에 찾아왔다.

"어, 하민 누나."

"너 혼자 있어? 주루는?"

사실 하민은 주루가 집에 없는 걸 알고 있었다. 조금 전 길에서 주루가 혼자 서 있는 걸 보았다. 말을 걸 용기가 나지 않아 망설이다 그냥 돌아선 길이었다. 멀리서 본 주루의 모습이 너무 낯설었다.

"형은 나갔는데. 요즘 형 바빠."

주연이 대수롭지 않게 대답했다. 드디어 내일이었다. 토요일 27시가 되면 주연은 천사클럽의 리더가 될 것이다. 주연의 마음은 그 생각으로 가득 차 다른 건 돌아볼 겨를이 없었다. 주연은 줄곧 시계만 쳐다보고 있었다. 눈을 떼면 시간이 멈춰 버리기라도 할 것처럼 일분일초를 재촉하고 있었다.

하민이 주연에게 나무조각을 건넸다.

"이거 주루 오면 전해 줘."

"뭔데?"

"잠자리."

"이게? 에이, 아닌 거 같은데."

"주루가 보면 알아. 전에 만든 거보다 이게 나을 거야. 꼭 전해 줘."

"알았어."

"간다."

"누나?"

하민이 돌아섰다.

"어디 딴 데 가?"

"집에 가려고."

"집? 어디? 하랑네 집?"

"응."

"나 형한테 누나 얘기 안 했어. 도치 형한테도 안 했어."

"그래, 고마워."

"앞으로도 안 할게."

주연이 방긋 웃었다. 하민이 사랑스럽게 주연을 바라보았다.

"이제 해도 돼. 잘 있어, 주연아."

하민이 나갔다.

"참, 나 내일 누나네 집에 갈 건데 그 얘길 못 했네."

현관문이 닫히고 나서야 주연이 중얼거렸다.

정리할 짐은 별로 없었다. 도치와는 광장에서 잠깐 만났다. 워낙 사람들이 몰려 있어 도치는 시간이 없었다. 하민은 틈을 봐서 도치에게 나무로 조각한 작은 축구공을 건넸다. 도치가 기뻐했다. 둘은 인사할 겨를도 없이 헤어졌다. 도치는 그게 작별 인사라는 걸 몰랐지만 하민은 도치에게 손을 흔들어 보이고 광장을 떠났다. 옥상으로 돌아오는 길에 수리를 보았다. 수리는 아직도 발목의 붕대를 풀지 못하고 목발을 짚고 다녔다. 하민은 수리가 자기를 알아보기 전에 재빨리 모퉁이를 돌았다.

하민은 지금까지 깎은 지팡이를 전부 주인 할아버지에게 주었다. 할아버지는 말로는 필요 없다고 했지만 좋아서 입이 벌어졌다. 축 늘어진 목젖에 매부리코가 튀어나온 할아버지의 옆모습이 오늘따라 혐오스러웠다. 평생 이런 곳에서 어린애나 닦달하다 별것도 아닌 물건에 활기를 띠는 모습이 보기 싫었다. 하민은 효안과 핍에게 나누어 줄까 생각했던 침낭, 코펠, 헤드 랜턴, 옷 따위를 쓸어다 버렸다. 할아버지는 그 아까운 걸 왜 버리느냐고 따라다니며 잔소리를 했다. 아마 하민이 가고 나면 틀림없이 쓰레기더미를 뒤질 것이다.

하민에겐 작은 가방 하나밖에 남지 않았다. 바탕구역을 떠나야겠다고 생각한 건 두 달 전이었다. 그런데 도무지 발이 떨어지지 않았다. 이곳 생활이 지긋지긋한데도 갈 수가 없었다. 주루가 하민의 옷자락을 붙들고 있는 것 같았다. 오늘 아침에서야 겨우 떠날 결심이 들었다. 제법 쌀쌀해진 날씨와 외로움이 하민의 결정을 재촉했다. 그러나 하민을 진짜 붙들고 있었던 건 나약함이었다. 어머니에게 순응할 수도 맞설 수도 없는 어두운 영역 속에서 하민은 떠돌고 있었다.

하민은 수직도시를 바라보았다. 한 번만 더 이곳에서 해가 떠오르는 광경을 보고 싶었다. 하나의 해가 수천 개로 변하는 찬란한 아침을 맞고 싶었다. 하지만 해 뜨는 위치가 매일 조금씩 변해 내년 봄이 돌아오기 전까지는 볼 수 없을 것이다.

하민은 바탕구역을 하릴없이 돌아다니다 21시를 넘기고야 졸랑구역의 집에 들어갔다. 어머니는 하민이 아예 집으로 돌아왔다는 소리에 반색했다. 하민은 안도했다. 따뜻하고 쾌적한 자기 방에 들어가자 그동안 옥상에서 지낸 시간들이 거짓말같이 느껴졌다.

'이제 꿈에서 깨는 거야. 눈을 뜨고 이대로 내 현실을 살면 돼.'

하민은 침대에 누워 생각했다. 어머니 말대로 처음부터 바탕구역에 가지 않았더라면 좋았을 것이다. 어리석게 너무 오래 머물렀다. 어려서부터 어머니는 입버릇처럼 말했다. "너는 마음이 여려서 탈이야." 하민도 그런 자신이 싫었다. 조금만 일찍 그곳을 벗어났더라면 이렇게 힘들지는 않았을 것이다. 하민은 깜박 잠들었다 소스라치게 놀라며 깨어났다. 왼쪽 발로 자리를 차고 일어나 오른쪽 발로 슬리퍼를 더듬었다. 어머니가 이 주 전에 다른 도시에서 주문해 온 슬리퍼였다. 하민은 몽유병 환자처럼 아무 까닭 없이 멍하니 침대 밑을 들여다보고 있다가 퍼뜩 정신이 들었다.

하민은 욕실로 들어가 뜨거운 물에 몸을 담갔다. 욕실 벽을 장식하고 있는 고급 타일과 부드러운 거품 비누, 유선형의 아름다운 욕조가 마음을 편안하게 했다. 익숙한 음악이 흘렀고 하민이 한 소절을 다 따라 부르기 전에 김이 뿌옇게 올랐다. 욕실 입구에 장식용으로 놓아둔 수반에서 작은 행운목이 꽃을 피우고 있었다. 꽃향기가 진하게 풍겼다. 행운목은 해가 뜨면 꽃이 지고 해가 지면 꽃을 피웠다. 하민은 불쑥불쑥 치솟는 생각들을 애써 떨쳐 냈다. 몸이 한없이 어디론가 풀려나가는 것 같았다.

한 시간 삼십 분이 넘도록 목욕을 하고 하민은 거실로 내려갔다. 어머니가 실크 잠옷을 입고 소파에 앉아 하민을 기다리고 있었다.

"집에 오니 좋지?"

"네."

"진작 오지. 고집은."

하민이 어머니 옆에 앉아 리모컨을 들고 텔레비전을 켰다.

"바탕구역에서 한 일 년 살았나?"

"정확히는 팔 개월."

하민의 목소리가 허스키하고 좀 불량하게 들렸다.

"하긴, 봄에 가서 벌써 가을이니."

하민이 나른한 표정으로 텔레비전의 볼륨을 높였다.

"너 26시 갖고 있지?"

"오늘은 충전 안 했는데?"

"설마 25시도 없어?"

"네."

"어머니는 25시에 하랑이 챙겨 주고 너랑 카페에나 갈까 했지. 오랜만에 둘이 오붓하게."

"나 졸려. 금방 잘 거예요. 하랑이 25시에 뭐 해요?"

"하랑이 하는 천사클럽 있잖아. 모이는 건 내일인데 무슨 준비가 그렇게 많은지 만날 지 친구들이랑 25시에 모여."

"조그만 것들이 클럽은 무슨."

"조그맣다고 무시하지 마. 요즘 애들이 얼마나 영리한데. 게다가 이번 모임은 굉장히 중요하대. 새로운 리더가 온대."

"새 리더? 하랑이 리더 안 하고요?"

"그래."

"하랑이 실망이 크겠는데."

"아니야. 하랑이 직접 결정한 거야. 하랑과 자주 어울리는 애가 있거든. 주연이라고. 걔가 진짜 천사라나 뭐라나. 어쨌든 걔를 리더 삼기로 했대."

"주연?"

하민은 뜨끔했다. 집에서 주연과 마주치고 싶지는 않았다. 하민은 텔레비전을 끄고 어머니를 돌아봤다.

"내일 언제 모이는데요? 나 아침부터 애들로 북적이는 거 싫은데."

"얘는, 촌스럽게 누가 요즘 실재 시간에 모임을 하니? 다 크로노스 시간에 하지."

"어? 주연도 크로노스 시간에 와요?"

"바탕구역에 사는 주제에 능력 있나 봐."

"몇 시에?"

하민은 점점 말라붙는 입을 가까스로 움직여 물었다.

"다른 애들은 25시부터 와서 준비하고 새 리더가 될 아이는 27시에 오기로 했대."

"뭐라고요?"

하민이 충격을 받아 비명을 질렀다.

"아휴, 놀라라. 갑자기 왜 그래?"

"어머니, 27시면 스물일곱 시간을 팔아야 살 수 있잖아요."

"돈으로 사면 되지, 시간을 왜 파니?"

"주연 말이에요. 다른 애들은 돈으로 사도 주연은 그럴 돈이 없다고요."

"얘가 왜 이렇게 소리를 질러. 그게 뭐 어쨌다고?"

하민은 정신 나간 사람처럼 일어나 계단을 올라 방으로 뛰어갔다. 허겁지겁 샤워 가운을 벗고 옷을 입었다. 뭘 어떻게 해야 좋을지는 몰랐다. 벌써 23시 20분이었다. 머릿속이 뒤죽박죽이었다. 하민이 다시 계단을 뛰어 내려왔다.

"웬 야단이야?"

"어머니, 돈 없이 27시를 살 방법 있어요?"

"못 사지. 예전에야 세슘 지폐를 모아 살 수 있었지만 지금은 유통기한이 생겼으니까. 잘 팔아 봐야 하루에 이십사 시간밖에 못 파니까."

"어머니, 무슨 소릴 하는 거예요? 하루에 여덟 시간까지만 팔 수 있잖아요."

"얘가 순진하긴. 공식적으로 그렇다는 거지 세상에 안 되는 게 어딨니?"

"하루에 여덟 시간 이상도 팔 수 있다고요?"

"당연하지."

"어떻게? ……암거래로?"

"시간 매매 기술은 쉽게 모방할 수 있는 게 아니야. 암거래상이
라 해도 우리 회사의 관리 없이는 시간을 취급할 수 없어."

"그럼 우리 회사가 암거래 조직을 운영한다는 거예요?"

"전략적인 차원에서."

어머니가 풍기는 어두운 기운에 하민의 몸에서 피가 빠져나가
는 것 같았다. 하민은 자신을 억제했다. 지금은 냉정해져야 했다.
어느덧 23시 28분이었다. 하민은 생각했다. 주루를 생각했다. 아
까 봤던 주루를 생각했다. 주루는 먼 곳을 향한 듯 바람 속에 서
있었다. 바람이 불 때마다 주루의 이마와 눈, 뺨과 입술이 희미
해지는 것 같았다. 바람에 쓸려 어디론가 날려 가는 것 같았다.
그때 왜 아는 척하지 않았을까. 하민은 입술을 깨물었다. 순간
주루 뒤로 볼품없는 전당포 간판이 매달려 있던 게 떠올랐다.

'그래, 거기야. 거기가 전당포였어.'

이십사 시간을 팔아 봐야 27시를 살 수도 없었다. 그러나 주루
가 이십사 시간을 팔려고 한다는 걸 하민은 느낄 수 있었다. '그
런데 왜? 그래서 뭘 어쩌게?' 하민은 알 수 없었다. 다만 견디기
힘든 불안이 어떻게 해서든 주루를 말려야 한다고 소리치고 있
었다. 주루가 이십사 시간을 몽땅 팔려 한다면 0시가 되는 찰나
에 팔 것이다. 시간이 없었다.

"어머니, 암거래상 추적할 수 있어요?"

"그럼. 암거래상에서 산 시간이 바로 우리 공장으로 들어오니

까. 동시에 어머니 메인 컴퓨터에 시간을 판 사람의 신상 정보와 시간을 파는 패턴이 자동으로 분석돼서 뜨지."

"패턴을 분석한다고요? 지문 인식 정보는 하루만 저장되고 삭제된다며?"

"좋은 정보를 왜 버리니? 얼마나 유용한데."

"누가 언제 얼마나 시간을 팔았는지 알 수 있단 말이에요?"

"물론이지."

하민은 뭔가 생각을 해 보려다 그만두었다.

"어머니, 차 쓰게 해 주세요."

어머니가 기묘한 미소로 허락하며 하민을 배웅했다.

어머니에게 연락을 받은 기사가 대기하고 있었다. 하민은 전당포의 위치를 설명했다.

"아저씨, 이십 분 내로 갈 수 있어요?"

"바탕구역은 도로가 엉망이라 힘들지 않을까 싶은데요. 거긴 교통 표지판도 옛날 그대로고 신호등도 작동 안 하는 게 많아서 아무 데서나 차가 엉긴다 이 말이에요. 깨끗한 크로노스 시간이라면 모를까 이런 시간에는 안 되겠다 싶은데요."

"가야 해요, 아저씨. 부탁드려요."

"가기는 갑니다만 안 되겠다 생각하는 편이 좋을 겁니다."

하민은 자동차 뒷자리에 깊숙이 몸을 파묻었다.

차가 멈추었다. 하민은 억지로 몸을 추슬러 전당포로 들어갔
다. 벽을 짚고 좁은 계단을 내려갔다. 안으로 들어서자 미러볼이
돌아가며 "어서 옵쇼!" 하는 기계음이 경박하게 울렸다. 유리 칸
막이 안에서 목소리가 소리쳤다.

"얼마가 필요해?"

하민은 바닥에 주저앉았다. 주루는 없었다. 주루는 어디에도
없었다.

17
크로노스 사의 진짜 목적

찬 바람이 불어왔다. 전당포에서 나온 하민은 바람을 피해 몸을 움츠리고 차에 탔다.

하민이 집으로 들어갔다. 어머니는 그사이 26시까지 다녀와 소파에 길게 누워 있었다.

"이리 와 앉아."

어머니가 누워서 말했다. 하민은 어머니 발치에 앉았다.

"주루 기억나?"

"무슨 말이에요?"

"주루 기억하냐고?"

"당연하잖아요. 당연히 기억하죠."

하민의 목소리가 축축하게 젖어 있었다.

"역시, 제대로 됐어."

"어머니, 지금 나 놀려요?"

"아직까지 이십사 시간을 판 사람은 없었거든. 은근히 궁금했는데 제대로 됐어."

어머니가 만족스럽게 말했다.

"뭐가요?"

"시간을 팔면 시간을 판 만큼 그 사람의 존재가 없어져. 주변 사람들의 기억에서도 사라지고. 알고 있지?"

"······몰랐어요."

"그다지 심각한 부작용은 아니야. 식구끼리도 서로를 하루 종일 생각하진 않잖아. 얼마쯤은 까마득히 잊어버리기도 하고. 시간을 팔면 그런 일이 생기는 거야."

하민은 문득 도치의 축구공을 조각하는 것보다 주루의 잠자리를 만드는 데 배 이상의 시간이 걸렸던 것이 떠올랐다. 그만큼 주루를 잊어버렸던 모양이다.

"지금은? 내가 왜 주루를 기억해요?"

"사람은 일상적인 일은 잘 잊어. 비슷비슷한 되풀이니까. 하지만 극적인 일은 웬만해서는 잊어버리지 않지."

"주루가 이십사 시간을 판 게 극적인 일이라는 거예요?"

"그래."

"어째서요?"

"그 아이는 완전히 사라져 버렸으니까."

하민은 무슨 말인지 알아듣지 못했다.

"오늘 하루를 판 거잖아요. 오늘은 사라졌지만 내일이 되면 다시……."

하민은 얘기를 하다 숨이 막혔다.

"어머니, 설마, 아니죠?"

"맞아. 오늘이 없으면 내일도 없어. 그 아인 죽어 버린 거야."

어머니가 눈 하나 깜짝하지 않고 말했다.

"아악!"

하민이 소리를 질렀다. 자기 옷을 쥐어뜯으며 미친 듯이 소리를 질렀다.

"거짓말이야. 거짓말이야."

하민이 바들바들 떨며 분노에 차 어머니를 노려보았다. 어머니는 태연하게 하민을 바라보고만 있었다. 그러다 강한 눈빛으로 천천히 하민을 제압했다. 발버둥을 치며 울부짖던 하민이 서서히 제풀에 지쳐 잠잠해졌다. 어머니는 그제야 소파에서 일어나 하민의 눈물을 닦아 주고 등을 어루만져 주었다. 하민은 어머니 품에서 얼마쯤 더 흐느꼈다.

"어머니, 아니죠? 그럴 리 없잖아. 그렇게 하면 우리 회사도 좋을 게 없잖아. 하루를 몽땅 팔았다고 사람이 죽다니. 그럼 그 사

람 인생의 남은 시간도 다 없어지잖아요. 그 사람이 살아서 내일
도 시간을 팔고 모레도 시간을 팔아야 우리 회사가 잘되는 거잖
아요."

하민이 어머니 품에서 애원했다. 어머니가 하민을 품에서 떼어
놓고 다정하게 말했다.

"세계의 인구가 얼만지 알아?"

"네?"

"1830년엔 10억이었어. 1920년엔 20억, 1960년엔 30억,
1987년엔 50억, 2014년에는 70억을 넘었어. 물론 나라별로는
사정이 달라. 인구가 줄어드는 나라가 있는가 하면 기하급수적
으로 느는 나라도 있어. 하지만 지구적인 차원에서 보면 인구는
이미 지나치게 많아. 60억, 70억일 때까지는 자원 부족 문제도
지혜롭게 대처한다면 극복할 희망이 있었어. 하지만 우린 현명하
지 못했어. 잠깐 주춤하는 것 같더니 통제 불능으로 인구가 늘어
났어. 75억, 80억, 지금은 90억이야. 알겠니?"

"그래서요?"

"지구엔 사람이 너무 많아."

"그게 어떻다는 거예요? 사람이 많은 게 시간 파는 거랑 무슨
상관……."

하민은 몸이 뜨거워졌다.

"그러니까 어머니 말은, 시간을 팔게 해서 인구를 줄이겠다는

거예요?"

"이제 이해가 돼? 시간 매매 기술의 진짜 목적은 바로 그거야. 기아에 시달리는 대륙들, 스모그와 대기 오염, 붐비는 고속도로, 포화 상태에 이른 쓰레기 매립장, 과도한 의료 비용, 해양 오염, 하천과 하수 오염, 원자재 부족, 모든 수준에서의 사생활 침해, 독성 폐기물 처리장 부족, 점점 높아지는 치안 비용, 전력 소비 증가, 멸종 위기에 처한 생물종, 열대 우림의 급속한 파괴. 문제는 끝도 없이 많아. 이 수많은 문제들의 원인이 뭐 같니? 간단해. 인구 과잉. 21세기 초까지는 전쟁과 대량 학살, 민족 분쟁도 잦았지만 더는 그런 일이 일어날 만한 분위기도 아니야. 다시 말해 인구 증가에 제동을 걸던 장치들이 없어졌다는 거야. 그러니 더욱 시간 매매 기술이 필요한 거야. 처음엔 다들 한두 시간으로 시작하겠지. 하지만 시간 파는 맛에 길들다 보면 결국은 하루를 몽땅 팔아 치우게 돼."

"어머니는 악마야."

하민이 거의 들리지 않게 속삭였다.

"어차피 이대로는 얼마 못 버텨. 지구가 망가지고 말아. 그러면 너나 할 것 없이 다 죽어."

어머니가 냉혹하게 웃었다.

"우리 크로노스 사는 크룽 시를 기반으로 성장해서 세계로 뻗어 나갈 거야. 수많은 자본가들이 우리 회사를 지지하고 있어.

우린 빈곤층을 쓸어 버리고 쾌적한 지구를 만들 거야. 어차피 빈곤층은 경제에 아무 도움이 안 돼. 그러면서 사회적 불안 요소만 가중시키니 없애 버리는 편이 낫지. 지구가 가벼워지면 자연도 저절로 회복될 거야. 최첨단 도시에 깨끗한 자연, 그야말로 신세계가 열리는 거지."

하민은 더 이상 어머니 말이 들리지 않았다. 느껴지는 거라고는 자신에 대한 모멸감뿐이었다.

"당장은 받아들일 수 없겠지. 네 친구가 죽었으니까. 하지만 차차 너도 수긍하게 될 거야. 사사로운 감정에 얽매이지 말고 크게 생각해 봐. 뭐가 최선인지. 어머니는 너와 하랑이 앞으로 살아갈 세상을 지켜 주려는 거야."

하민의 눈에서 소리 없이 눈물이 흘러내렸다.

"주루의 마지막 시간은 어머니가 갖고 있어. 원한다면 정제 과정을 거치지 않고 그대로 줄 수 있어. 어떻게 할래?"

"주세요."

하민의 목소리가 이상할 정도로 차분했다.

"너에게도 그 정도의 추모는 필요하겠지."

하민이 일어나 계단을 올라갔다.

"최악의 고통이 어떻게 강한 힘이 되는지 하민도 곧 배우게 되겠지."

어머니가 하민의 뒷모습을 보며 중얼거렸다. 그것은 누구도 알아들을 수 없는 익명의 목소리였다.

18
숲의 시간

하민은 종일 방에서 꼼짝하지 않았다. 시간이 방울방울 떨어져 바닥에서 깨졌다. 슬픔은 실감나지 않았다. 그보다 하민을 짓누르는 것은 권태였다. 하민은 살아 있다는 게 소름끼칠 만큼 지겨웠다. 손가락 하나 까딱할 수 없었다. 하루가 한도 없이 단조로웠다. 두 눈이 말라붙어 따가웠다. 그러나 이제 하민의 이십사 시간도 몇 방울 남지 않았다. 금보다 비싼 플래티늄으로 제작된 하이엔드 시계가 벽에 걸려 있었다. 한정판 컬렉션에서 어머니가 구입한 것이었다. 하민은 유령처럼 움직여 가는 시간을 가만히 바라보았다.

하민은 문득 싱그러운 바람을 느꼈다. 여기서부터 주루의 시간이었다. 갑자기 믿을 수 없을 만큼 마음이 편안해졌다. 하민은 주위를 둘러보았다. 종일 누워 있었던 자기 방이었다. 눈에 익은 가구와 사물 들이 어쩐지 아름답게 보였다. 하민은 침대에서 일어나 의자와 책상, 벽에 걸린 그림과 창문에 드리워진 새하얀 모슬린 커튼을 만져 보았다. 모든 것이 상쾌하게 느껴졌다. 하민은 바탕구역의 생활을 정리하며 버리지 않고 가져온 가방을 열었다. 잘라 놓은 나무토막과 조각끌, 조각칼, 숫돌이 들어 있었다. 하민은 무뎌진 조각칼을 숫돌에 갈아 조각을 시작했다.

27시가 되었다. 주연은 천사클럽의 리더가 되었다. 천사 옷을 입고 날개를 달았다. 실제로 날 수는 없었지만 날 것 같은 기분이었다. 천사클럽의 회원들이 저마다 좋아하는 천사 이야기를 주연에게 읽어 주었다. 주연은 세상에 그렇게 많은 천사가 있다는 사실에 놀랐다. 의식을 마친 아이들은 이리저리 뛰어다니며 놀았다. 천사 옷이 발에 걸려 벗어던진 아이도 있었고 날개를 떼어 다른 아이의 머리통을 때리는 아이도 있었다. 주연도 뛰어다니느라 땀범벅이 되었다. 하지만 천사 옷은 벗고 싶지 않았다.
"주연아, 빨리 도망가. 술래가 이쪽으로 오고 있어."
하랑이 계단을 뛰어 올라오며 말했다.
"어떡해? 나 화장실 가고 싶은데."
"그럼 3층으로 가. 여기 있다간 술래한테 잡혀."

"알았어."

"3층에 있는 하민 언니 방에는 가지 마. 언니 지금 엄청 화나 있거든. 내가 놀자고 하니까 소리만 꽥 지르고. 치, 나도 오늘부터 언니랑 절교할 거야."

"하민 누나도 27시 있어?"

"당연히 갖고 있겠지. 언니는 뭐든 나보다 더 많이 가지니까."

툴툴대는 하랑을 내버려 두고 주연은 쏜살같이 3층으로 올라갔다. 3층엔 처음 올라오는 거였지만 화장실은 쉽게 찾을 수 있었다. 주연은 볼일을 보고 계단을 내려가려다 여기 어딘가에 주루 형이 있는 것 같아 발길을 멈췄다.

주연은 복도를 따라 몇 개의 문을 지났다.

"주루 형?"

초록색 방문을 열었다.

"형 거기 있어?"

주연이 망설임 없이 한 발 들여놓았다. 바닥에 앉아 나무조각에 열중하던 하민이 고개를 들었다.

"어? 누나?"

주연은 하랑의 말이 떠올라 움츠러들었다.

"아, 너……."

하민은 조각칼을 놓고 멍하니 주연을 보았다. 주연을 보자 사라진 듯했던 고통이 다시 살아났다.

"미안해, 누나 방인 줄 모르고. 하랑이 가지 말라고 했는데······."

주연이 나가려다 말고 이상한 듯 방을 둘러보았다. 수액 가득한 초록 잎사귀들이 저들끼리 몸을 부딪치는 소리가 들리는 듯했다.

"누나, 주루 형은?"

"뭐?"

하민은 목이 멨다.

"주루 형 어딨어?"

"주루가 왜 여기 있어? 없어."

하민이 간신히 말했다.

"형 없어? 분명 있는 거 같은데."

주연이 고개를 갸웃거렸다. 야생 우엉과 쐐기풀, 안개 냄새가 났다. 방 안에 점점 더 많은 빛이 쌓이고 있었다.

"누나, 나 여기 알아. 여기 주루 형이 노래하던 숲이야."

주연의 눈이 찬란하게 빛났다.

"저번에 형이 집에서 노래해 줬는데 그때부터 알았어."

하민은 자꾸 숨이 막혔다.

"누나, 형 진짜 없어? 나 누나가 준 잠자리 아직 형한테 못 췄는데. 형이 27시 찾는 비밀 편지만 살짝 놔두고 어디 가 버려서 형 못 만났어. 비밀 편지 누나도 보여 줄까? 엄청 재미있어. 밖으로 나갔더니 길에도 화살표 표시가 다 되어 있는 거 있지? 근데 아무나 화살표를 알아볼 수는 없어. 비밀 편지를 읽은 사람만 알아볼 수 있게 해 놨어. 누나도 나중에 같이 가 볼래? 내가 화살표 어떻게 보는 건지 가르쳐 줄게."

주연이 개구쟁이같이 웃었다.

"누나, 형 어디 숨었지? 나 놀래 주려고. 그치? 내 말 맞지?"

주연이 성큼성큼 방을 가로질러 옷장 문을 열었다. 순간 그 속에서 잠자리 한 마리가 날아올랐다. 주연과 하민이 놀라 바라보았다. 주연이 천사 옷을 걷어 올리고 바지 주머니에서 잠자리 조각을 꺼냈다.

"누나, 봤지? 정말 누나가 만든 거랑 똑같아."

주연이 홀린 듯 말했다.

"정말이었어. 주루가 말한 잠자리가 정말이었어."

하민도 넋을 잃고 중얼거렸다.

달빛이 쏟아졌다. 나무 기둥이 솟아오르고 거꾸로 된 달걀 모양 잎이 가지마다 차곡차곡 매달렸다. 계속해서 나무들이 솟아났다. 그새 열매를 맺은 것도 있고 나무껍질이 반점으로 뒤덮여 벗겨지는 것도 있었다. 주연은 숲을 뛰어다녔다. 잎사귀에 고인 달빛이 찰랑찰랑 흔들렸다. 하민도 주연을 따라 뛰었다. 이곳에 주루가 있었다. 숲을 걷다 외로워 웅크려 앉은 주루가 저기 나무 밑에 있었다. 나무뿌리에 뒤엉킨 소년은 창백하도록 조용했다. 세상을 뒤덮은 함박눈 같았다. 주루의 머리맡에서 길쭉한 꼬투리가 툭 터져 벌어졌다. 동글납작한 흑갈색 씨가 날렸다.

주연의 눈가가 붉어졌다. 천사 옷을 입고 땀을 뻘뻘 흘리며 뛰어다니던 주연이 가만히 멈춰 섰다. 하민이 주연에게 다가갔다.

"누나, 우리 형 어딨어?"

주연이 주르륵 눈물을 흘렸다. 하민은 아무 말도 못 하고 주연을 꼭 끌어안았다. 27시 59분. 째깍 시간이 흘렀다. 진동도 미열도 없이 하민의 품에서 주연이 사라졌다. 27시가 끝나고 0시였다.

19

보이지 않는 시간의 끝

천사 옷을 입은 채 주연은 집으로 돌아와 있었다. 주연은 26
시까지 집에 있다가 27시에 맞춰 하랑네로 갔었다. 주연이 떠날
때와 마찬가지로 집 안은 비어 있었다. 주연은 형을 부르며 울다
옷도 벗지 않고 잠이 들었다.

아침 일찍 누군가 문을 두드렸다. 주연이 잠에서 깼다. 천사 옷
은 구겨졌고 날개는 찌그러져 있었다. 문을 여니 하랑과 하랑의
어머니가 서 있었다. 어머니가 쓰러질 듯 휘청거리며 안으로 들
어왔다. 주연은 긴장해 하랑 옆에 얌전히 앉았다.

"너 우리 하민 봤니?"

"누나요?"

"어제 너희 27시에 술래잡기 하다가 네가 3층으로 올라갔다며? 혹시 3층에서 하민 누나 봤어?"

"네."

어머니의 목소리가 떨렸다.

"봤어? 누나 어디에 있었어?"

"초록색 문 방에요."

"방에? 누나 그냥 방에만 있었어?"

"네."

"밖으로 안 나가고?"

"네."

"누나 뭐 하고 있었어?"

"나무조각요. 하민 누나 조각 잘해요."

주루는 천사 옷을 걷어 올리고 주머니에서 잠자리 조각을 꺼냈다.

"이것도 누나가 우리 형 주라고 만들어 준 거예요."

"세상에."

어머니의 눈에서 불똥이 튀더니 얼굴이 상한 것처럼 물러졌다. 주연은 영문을 모른 채 하랑의 표정만 살폈다. 하랑은 어두운 얼굴을 하고 입을 삐죽거리고 있었다. 어머니가 갑자기 일어났다. 휘둥그렇게 뜬 커다란 두 눈이 주연은 무서웠다.

"하랑, 그만 가자."

"나 주연과 놀다 갈래."

순간 어머니 얼굴이 일그러졌지만 스스로는 의식하지 못했다.

"올 때 연락해. 차 보낼게."

어머니가 습관적으로 말하고 서둘러 나가려 했다. 그러나 구두를 신으려다 발이 미끄러졌다. 어머니는 맨발로 바닥에 내려가 다시 구두를 신으려 했지만 발목이 꺾이며 구두가 벗겨졌다. 어머니는 같은 동작을 반복하다 문턱에 걸터앉았다. 손으로 구두를 끌어다 천천히 발을 밀어 넣었다. 그러고는 철제 현관문을 밀고 밖으로 나갔다.

주연이 조심스럽게 하랑에게 물었다.

"무슨 일 있어?"

"언니가 없어졌어."

하랑이 못마땅한 얼굴로 말했다.

"하민 누나가?"

"오늘 아침에 방에 가 보니 언니가 없었어. 밖으로 나간 흔적도 없고. 어머니가 어제 언니한테 크로노스 시간을 이십사 시간이나 줬대. 어머니는 언제나 좋은 건 언니한테만 준다니까."

하랑의 볼이 퉁퉁 부어 있었다.

"우와, 그럼 하민 누나는 48시까지 가 봤겠네? 대단하다."

"그랬겠지. 치, 난 겨우 27시밖에 못 가 봤는데. 아무튼 0시가 되면 돌아와야 하잖아. 근데 없어. 네가 언니를 본 마지막 사람이야."

"누나 어디로 간 거야?"

"나한테 그렇게 성질만 부리더니 잘됐지 뭐. 내 생각엔 언니가 아직도 크로노스 시간에 있는 거 같아."

하랑은 어제 하민이 자기에게 화를 낸 게 여전히 풀리지 않은 모양이었다.

"언제 오는데?"

"몰라. 그러니까 어머니가 저렇게 걱정이지."

하랑이 복잡한 얼굴로 어깨를 으쓱해 보였다.

"너희 형은? 아침부터 어디 갔어?"

"나도 몰라. 형이 바빠서 통 못 봤어. 어제 하민 누나 방에 간 것도 거기 주루 형이 있는 거 같아서였는데……."

"근데?"

"없었어."

"우리 언니도 너희 형도 문제만 일으켜. 우리를 애들 취급하면서 자기들만 어른인 척한다니까."

주연이 갑자기 눈물을 흘렸다.

"왜 울어?"

"주루 형, 형이 없어."

"뭘 그런 걸 가지고 울어? 우리 언니도 없어졌는데. 걱정 마, 알아서 돌아올 거야."

주연은 더 크게 울었다. 강력한 압력을 받아 몸속의 무언가가 녹아내리듯 하염없이 눈물이 흘렀다.

다음 날도 주루는 돌아오지 않았다. 주연은 도치를 찾아 수직 도시에 갔다. 길모퉁이를 돌자 즐비하게 늘어선 건물들 속에 잿 빛 수직도시가 우뚝 솟아 있었다. 주연은 우묵하게 들어앉은 아 치형 입구가 가까워지자 걸음을 늦추고 더러운 웅덩이를 뛰어넘 었다. 수직도시는 흐릿해 보일 정도로 낡았지만 특유의 복잡함 으로 생기를 띠고 있었다. 주연은 금속관에서 미끄러지는 출입 증을 받고 수직도시의 내부를 올려다보았다. 거대한 기계들이 움직이는 공간에 마음이 설레었다.

주연이 증기 배에서 내리자 도치가 마중나와 있었다. 여기저기 구경하느라 상기된 주연이 반갑게 도치를 불렀다.

"형."

"혼자 왔어? 주루는?"

그제야 주연은 주루가 없다는 게 생각나 울상이 되었다.

"형, 우리 형 어디 갔는지 알아?"

"뭐? ……주루 없어?"

주연이 고개를 끄덕였다. 증기 배가 한숨을 쉬듯 뜨거운 김을 뿜으며 천천히 밑으로 내려갔다. 도치는 밀려오는 괴로움에 정신 이 아찔했다. 마지막으로 봤던 주루의 모습이 떠올랐다. 도치는 미동도 하지 않고 눈을 감았다. 잠시 뒤 눈을 뜨자 서럽게 울고 난 것처럼 기진맥진하고 공허했다.

도치는 주연을 집으로 데려가 야채를 씻고 죽을 끓였다. 주연은 천사클럽의 리더가 된 이야기와 형의 비밀 편지를 보고 27시를 찾으러 간 이야기를 재잘댔다. 도치는 주루가 27시를 사려고 시간을 몽땅 팔았으리라는 것을 짐작할 수 있었다. 그러나 하루를 판다는 게 어떤 의미인지는 아직 알지 못했다. 다만 그로 인해 불행한 일이 생겼으리라는 것을 직감할 뿐이었다.

도치는 강판에 야채를 갈다 순간순간 앞이 깜깜해져 손을 멈췄다. 도치는 이마를 짚고 서 있다 창문을 열었다. 벌써 떠오른 해에서 황금빛 햇살이 비쳐 들었다. 나지막한 말소리처럼 부드러운 빛이 방 안을 메웠다. 도치는 주연을 의자에 앉히고 자기는 선 채 식사를 했다. 그러나 하민마저 없어졌다는 얘기를 듣자 눈물을 참을 수가 없었다. 도치는 주연 모르게 눈물을 훔쳤다.

"형이 묘기 축구 가르쳐 줄까?"

도치가 다 먹은 그릇들을 설거지통에 넣고 물을 부으며 말했다.

"나 운동 못하는데."

"이건 넓은 운동장이 없어도 친구가 없어도 할 수 있는 축구야. 해 볼래?"

"나 하기 싫은데…… 어려울 거 같은데……."

주연이 머뭇거렸다.

도치는 축구공을 담은 그물망을 메고 주연을 데리고 밖으로 나왔다. 주연과 함께 로터리 광장으로 갔다. 공기를 흩뜨리지 않으려는 듯 천천히 걸었다. 저 멀리 수리가 주머니에 세슘 지폐를 잔뜩 구겨 넣고 절뚝거리며 지나가고 있었다.

그날부터 주연은 도치와 함께 지냈다. 하랑은 자주 주연을 찾아왔다. 하지만 수직도시 안으로는 들어오지 않으려 했다. 하랑은 수직도시를 끔찍하게 여겼다. 주연을 만나면 꼭 살균 스프레이를 온몸에 뿌려 댔다. 하랑은 어머니가 매일 엄청난 양의 크로노스 시간을 가지고 언니를 찾으러 간다고 했다. 그러나 오늘 사들인 시간의 끝에도 하민은 없었다. 결국 얼마 지나지 않아 어머니는 시간 판매를 아예 중단해 버렸다. 어머니는 그날 사들인 모든 시간을 가지고 하민을 찾으러 갔다. 크로노스 사에 뒤처졌던 경쟁사 카이로스 사는 호기를 놓치지 않기 위해 제품 출시일을 앞당겼다. 크로노스 사의 시간 판매 중단으로 원성이 높았던 사람들은 그날만을 기다리고 있었다.

하민은 깊은 잠의 쓰디쓴 맛을 느꼈다. 소녀는 야윈 팔을 뻗어 기지개를 켜고 하품을 했다. 인적이 끊긴 도로와 침묵에 잠긴 마을 들을 지나왔다. 시큼한 땀냄새가 얼굴에 배어 있었다. 거칠고 불분명한 세계가 소녀의 주위에서 삭풍처럼 사라져 갔다. 소녀는 놀라며 한편으론 몽상에 잠겨 소멸을 응시했다. 맨발로 언 땅을 딛고 사방을 둘러보았다. 그러더니 별안간 활기를 띠며 다시 걷기 시작했다. 소녀가 알고 있는 건 쓰러질 때까지 걸을 수 있다는 것뿐이었다. 소녀는 만 년을 걸어 숲으로 가고 있었다.

작가의 말

빗소리가 그치면 새소리가 들리고 새소리가 그치면 작은 풀벌레 소리가 들리고 작은 풀벌레 소리가 그치면 빛이 가득한 고요가 느껴진다. 무더운 여름날 새벽부터 저녁까지 내 창 방충망에 붙어 나를 들여다보았던 좀사마귀, 소낙비에 흠뻑 젖어 자전거를 타고 오다 멈춰서 뒤를 돌아본 순간 거대하게 떠올랐던 쌍무지개, 내 앞에서 십여 분 간 춤추던 잠자리, 손가락으로 슥슥 쓰다듬어도 도망가지 않고 잠시 견뎌 주었던 잠자리. 봄부터 가을까지 내 방 창 너머의 산 능선 위로 떠올라 맞은편 산 능선으로 지던 해, 매일 바라보았던 새끼 새처럼 붉고 찬란했던 해. 몇 년간 나는 아무 데도 가지 않았지만 이 모든 것이 함께 있었다.

때때로 마음이 조급해지면 무엇이든 남김없이 보려고 눈을 부릅떴다. 이 감정을, 형태를, 에너지를 알아내야 한다고 생각했다. 하지만 언제나 완전히 볼 수는 없었다. 매번 남겨진 미지가 나와 세상을 자유롭게 했음을 이제 깨닫는다. 보도블록 사이로 돋아난 여린 풀잎에 마음을 베이듯 걸음을 멈출 때면 나와 풀이 하나로 연결된 생명이라는 걸 느낀다. 숲의 시간이 바람에 실려 나를 스쳐간다. 여기서 숨 쉰다.

김진나

숲의 시간
ⓒ 김진나 2014

1판 1쇄 2014년 10월 17일 | 1판 2쇄 2021년 12월 23일
지은이 김진나 | 책임편집 남지은 | 편집 원선화 엄희정 이복희 | 디자인 송윤형 이은하
마케팅 정민호 박보람 김수현 | 홍보 김희숙 함유지 이소정 이미희
제작 강신은 김동욱 임현식 | 제작처 한영문화사
펴낸곳 (주)문학동네 | 펴낸이 염현숙 | 출판등록 1993년 10월 22일 제406-2003-000045호
주소 10881 경기도 파주시 회동길 210 | 전자우편 kids@munhak.com
홈페이지 www.munhak.com | 카페 cafe.naver.com/mhdn
북클럽 bookclubmunhak.com | 트위터 @kidsmunhak | 인스타그램 @kidsmunhak
대표전화 (031)955-8888 | 팩스 (031)955-8855
문의전화 (031)955-8895(마케팅) (02)3144-3238(편집)

ISBN 978-89-546-2578-4 03810